初代様には仲間が居ない！

Haiji

はいじ

CHARACTER

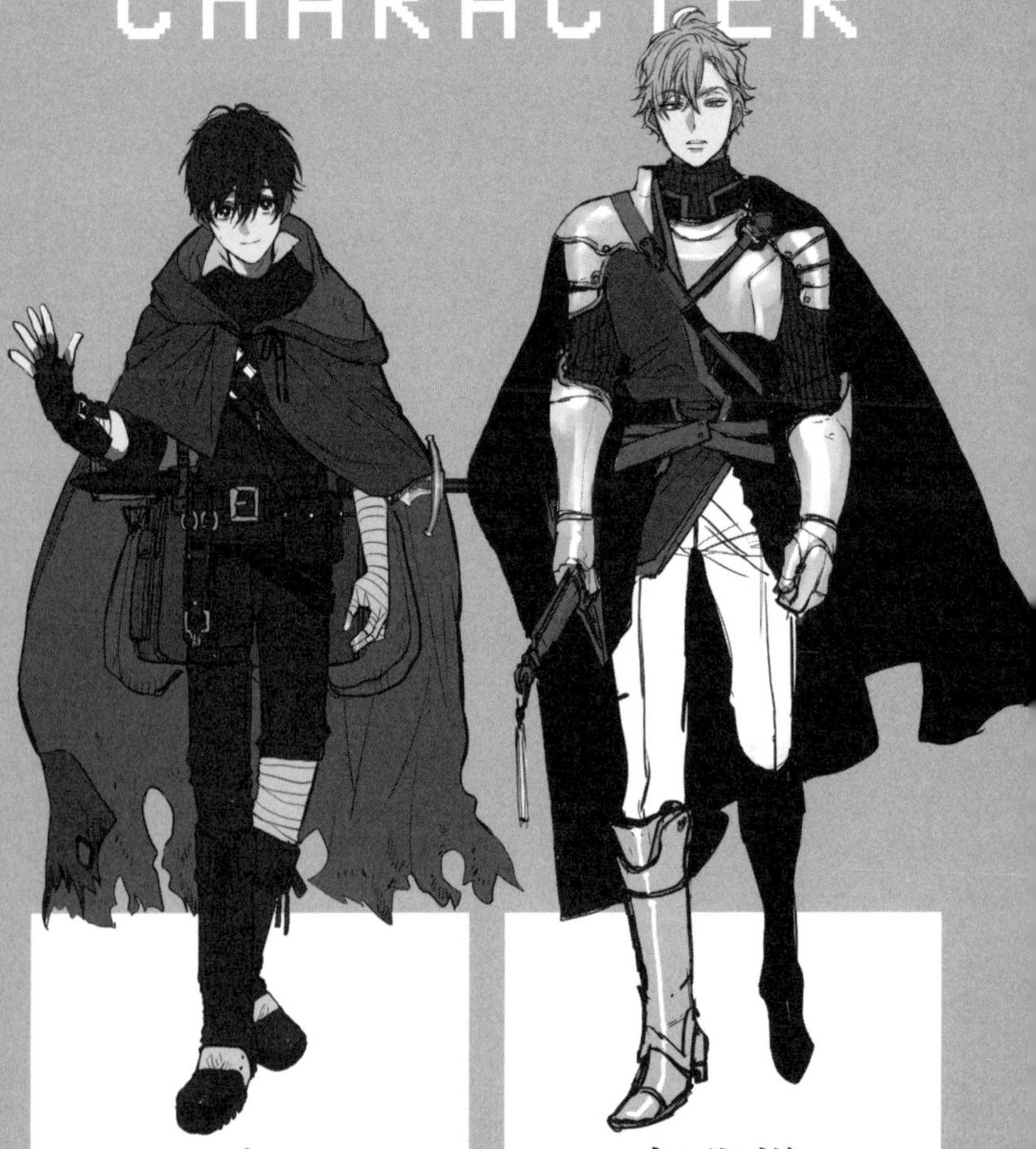

犬

INU

本名は飯沼結。高校生のある日をきっかけに八年間引きこもっていたが、【レジェンド・オブ・ソードクエスト】シリーズ最新作の発売日に外出して偶然通り魔に刺されてしまい、最新作の勇者に転生する。

初代様

SHODAI-SAMA

名作RPG【レジェンド・オブ・ソードクエスト】シリーズの初代主人公で、歴代最強の勇者ながら最新作では魔王に闇落ちする。類い稀な美貌を持つが、かなりの偏食家で俺様な十八歳。名前はまだない。

イラスト　高山しのぶ

初代様には仲間が居ない！

一：初代様には、敵は居ない！

俺は、魔王から世界を守る「勇者」だ。

「おい、犬。野営の準備をしろ」

「……うぅ。なんで、俺だけ」

あれ、待って。確かに「勇者」だった筈《はず》だよな？　世界を救う為《ため》に、此処《ここ》に来たんだよな？　なのに、なんだ？　この状況。

「口答えか？　いいんだぞ。俺は、一人でも。お前なんか居なくても旅は続けられる」

「ご、ごめんなさい！　置いていかないでくださいっ！　初代様！」

「だったら教えただろうが。おい、返事」

「……はい、野営の準備をします」

「無駄なやり取りさせんな。今度逆らったら置いて行くからな」

「はい」

返事は、短く、ハッキリ、大きな声で。「はい」以外認められていない。

それがこの俺「最新作の勇者」に与えられた、ここでの役割だ。今や俺は「勇者」ではない。この俺の目の前に立つ「初代勇者様」の、

「おい！　このマットは冬用だろうが。何回言わせんだ！　この駄犬がっ！」

「犬」だ。

「すみませんっ！」

あれ？　俺、一体何やってんだろ。

◇◆◇

そもそも、俺みたいなヤツを〝勇者〟にしたのが間違いだったんだ。

「え、コレ、無理ゲーでは？」

この時、俺は完全に戦意を喪失していた。

何にって。そりゃあ、魔王にだよ。勇者が闘う相手といえば、そりゃ魔王だろ。

目の前で、何やら最高にヤバそうな目つきで此方《こちら》を見下ろしてくる魔王を前に、俺は成す術《すべ》もなく固まる事しか出来なかった。

「勇者！　どうしよう！　攻撃魔法が全然効いてないわっ！」

「おい、勇者！　どうすんだ！　このままじゃ全員犬死だぞ！」

「ごめんなさいっ、勇者！　私、もう回復魔法が使えない！」

どうしようも、こうしようもねぇよ。

俺達に魔王は倒せない。それだけは、もうハッキリとしている。俺達は負けたんだ。

「おいっ、勇者！　アイツ何かヤる気だぞ！」

仲間の一人が、俺の目の前に立ちはだかる魔王を指した。

オーラだけで此方を圧倒してくる大きなそいつ。真っ黒いマントを羽織り、全身甲冑《かっちゅう》に身を包んだ魔王を前に、俺は思った。

「俺、死んだわ」

レベルが違いすぎる。マジな意味でレベルが違う。

あぁ、こんな事なら、もっとレベルを上げてくりゃ良かった。ドクドクと血を流す脇腹に手を当てながら、仲間達の声をどこか遠くに聞いた。

「勇者、逃げて！」

「おい、勇者！　諦めてんじゃねぇ！」

そう、言われましても。俺も腹の傷が痛すぎて身動きが取れないのだ。

だってこれ、すげぇ痛いんだよ!?　ついさっき魔王からエクスカリバーで腹刺されたばっかりの出来立ての傷口だからね！

皆も刺されてみ!?　あのぶっといエクスカリバーで！　マジで痛いから！

「み、みんな逃げろ！　ここは俺がどうにかするから！」

腹も痛いし、完全に身動きが取れそうにないので、最期に勇者っぽい事だけ言っておく。

俺の声に、仲間達はそれぞれ〝勇者の仲間っぽい事〟を叫んでくれた。まぁ、集約して要約すると、

「お前を置いてなんか行けるかよ！」みたいな感じの事だ。

あぁぁぁ、もういいから！　そういうのいい！

もう腹の傷に響くから叫びたくないのに！

「いいから！　絶対に俺がなんとかしてみせる！　だっ、だから、皆逃げるんだ！」

いや無理だわ。何をしても勝てっこない。結構、ガチめにレベルを上げて、装備品もSランクのヤ

ツを揃《そろ》えてきたんだが。

一太刀も浴びせられないって一体どういう事ですかね。

そのくらい、今回の魔王は強すぎた。

なにせ、今回の魔王の正体は――。

「……初代、勇者様が闇落ちすんなよ」

目の前に立つ、甲冑で顔の見えない魔王を前に震える声で嘆いた。そうだ。今回のラスボス。シリーズ最大の敵は【初代勇者様】なのだ。

だからこそ、初代勇者様が当時の魔王を倒す際に使った、勇者の血を宿した者だけが使える光の聖剣エクスカリバーを、魔王であるコイツが使いこなしているのである。

あぁ、そろそろ意識が遠のいてきた。

「「「「勇者っ！」」」」

此方に向かって腕を伸ばしてくる魔王に、俺は覚悟を決めた。何をって？　死ぬ覚悟を、だよ。

「あぁ。クソ、二度目は痛くない死に方が良かったのにな」

呟《つぶや》きながら傷口を押さえる手には、おびただしい血が流れ続けている。目を閉じかけた時だった。

「勇者！　聞け！」

「……え？」

突然、仲間の一人である〝召喚士〟が大声で叫んだ。それまで、他の仲間達がやいのやいのと叫ぶのには、一切参加していなかったのに。急にどうしたのだろう。

「まだ諦めるな！　俺に考えがあるっ！」

普段は陰キャ気味のキャラだったくせに、ここに来てめちゃくちゃ声張るやん。コイツ、昔の俺に似てたから傍《そば》に居て一番落ち着いたのに。

ゲームオーバー間近で、急にキャラを変えないで欲しい。新キャラみたいで戸惑うから。そういう事されると、人見知りしてしまう。

「な、なに……？」

俺がガチめに戸惑いながら返事をすると、召喚士は俺に向かって一冊の本を掲げて見せた。その本は何やら光っている。この期に及んで何をする気なのだろう。嫌な予感がする。やめて欲しい。

「勇者！　お前を今から過去に飛ばす！」

「は？」

なになになに⁉　急に何⁉

「初代勇者の魔王討伐時代まで戻り、お前が勇者の闇落ちの原因を探せ！　そして、未来を……〝今〟を変えてくれ！」

「ええええっ⁉」

急に何を言い出すかと思えば！

この物語の最終局面で、キャラ変どころか、新章突入のフラグぶっ立ててきやがった！

「迷ってる暇はない！　お前ら！　俺の詠唱の間！　勇者を守れ！」

「えっ？　えっ？」

「分かったわ」

「承知した、任せろ。おい、皆。勇者を守れ！」

「もう回復は出来ないけど、絶対に守ってみせる！」

「おう、死んでもお前を守ってやるよ！」

俺だけが状況に付いて行けない中、目の前では激しい戦闘が繰り広げられ始めた。しかし、やはり魔王には一切攻撃が通じていない。

「お、お、おいっ！　皆やめろっ！　死ぬぞ！」

マジで、やめてやめて！

確かにこの圧倒的な強さは、ちょっとレベル上げをすればどうこうなる話ではないと思っていたが！　まさか、ここから新章なんて……。

ちょっと、キツいだろうが！

ここまで来るのに、三年もかかってるんだぞ！　なのに、今からまた――！

「勇者！　準備は整った！　今からお前を過去に送る……頼む、過去を変えて。俺達を助けにきてくれっ」

そう、どこか切な気な笑顔を向けてくる召喚士。それと同時に、魔王に挑んでいた仲間達が、倒れ伏しながら召喚士と同じように俺を見ていた。皆からの強い意思を感じる。

集約して要約すると、「信じてるから……」みたいな目だ。

「う、あ」

あぁ、完全に希望を託されてしまった。

魔王討伐だけでも荷が重かったのに、ここに来て仲間全員の命まで、俺一人の肩に乗っかってくるなんて。

出来る事なら、俺も倒れる側の人間が良かった。誰か、俺の代わりに過去に行ってくれないかな……！

「わ、分かった」

しかし、だからといってここで「いや、無理だわ」とは言えない。言えっこない。

だって、俺、元引きこもりゲーマーだよ？　陰キャすぎて、高校中退した挙句、一歩も家から出られなくなったメンタル弱々人間なんだよ？

自分の考えを、皆の意見に逆らって口にするなんて……死ぬより無理だ！

「時空転移！」

詠唱、そのまんまだなぁ！　もうちょっと横文字の格好良《い》いヤツとかなかった!?

俺は自分の意識がふわりと宙に浮くような感覚に陥りながら、最後にチラと魔王の方へと目をやった。

「……あ」

パチリ、と。

魔王と、目が合った気がした。

いや、全身甲冑なので、目がどこを向いているのかは分からないが。その瞬間、俺は魔王と目が合った。そう、俺は確かに感じたのだ。

「あぁぁぁ！　もうっ！」

クソ。闇落ち初代勇者様！

俺は、絶対にアンタを闇落ちさせないからな！

こうして、この俺、「シリーズ最新作の勇者」は、ゲームオーバー直前に、「初代勇者」様の闇落ちを救済する為、過去へ戻る事になったのであった。

二：初代様には、慈悲がない！

「はぁっ」

俺は初代様の夕食の準備の為、近くの川に来ていた。サラサラと透き通った川の水が上流から止めどなく流れてくる。覗《のぞ》き込んで見ると、そこには見慣れた〝最新作の勇者〟のキャラクタービジュアルが映り込んだ。

「あぁ、なんて普通なんだ」

ファンタジーでは、モブでもよく見かける茶色の髪の毛。顔もこれといって何か秀でた部位があるワケでもなく、いかにも平凡。唯一勇者っぽい？　と首を傾《かし》げながらも言えるのは、髪の毛が頭頂部だけ一部ひょこりと立っている事だろうか。

「……これ、本当に〝勇者〟のビジュアルか？」

まぁ、確かに昨今のＲＰＧの主人公というのは、基本的にプレイヤーが感情移入しやすいように、ビジュアルの強度を下げて描かれる事が多い。俺は「最新作の勇者」なせいで、時代のあおりを一身に受けている。

「ま。〝元の俺〟よりは断然マシだけど」

結局、主人公というのは、ゲーム世界でのプレイヤーのアバターだ。普通が一番。そして、そんな〝普通〟が一番難しいって、俺はよく知っている。今や、この姿こそが〝俺〟だ。アバター込みで、完全な俺なのだ。

「あ。そういえば傷口、どうなっただろ」

ふと、薄い綿の肌着をペラリと捲《まく》ってみる。すると、両脇腹にある二つの深い傷痕が、川の水面《みなも》に映り込んだ。

「やっぱ傷痕は消えないんだな」

ポツリと呟き右側と左側、それぞれに指を這《は》わせる。

右側の傷は、つい先日、魔王にエクスカリバーでブッ刺された時に出来たモノだ。まだ新しい。こちらはまだ傷口が塞がりかけている途中なので、皮膚が少しだけ盛り上がっている。

そして、左側の傷。

これはもう三年近くも前の古いものなので、色は薄い。けれど、この先もこの傷が消える事はないのだろう。その白くなった傷痕は、右側同様〝刺し傷〟だった。

「あれは……スゲェ、痛かったなぁ」

多分、刃渡り十五センチはあったと思う。

そう、この傷こそ、俺の一度目の人生を奪った張本人だ。俺は、一度死んで目覚めるとこの世界で生きる人間になっていた。

つまり俺は、ラノベでよくある【異世界転生勇者】なのである。

◇◆◇

『ねぇ、飯沼《いいぬま》君も、黙ってないで意見出してよ』

『っ！　え、いや、その』

この世界に来る前。俺が、まだ「飯沼結《ゆい》」という名前で呼ばれていた頃の話だ。

俺は高校二年の途中から、ずっと家に引きこもっていた。

幼い頃から、友達は一人も居なかった。そりゃあそうだ。陰キャでゲーオタ。それに、人と喋《しゃべ》るのが苦手で、他人が笑っている声を聞くと、自分が笑われていると勘違いして心臓がバクバクする。傍《はた》から見たら、きっと挙動不審のキモいヤツに違いない。

『あ、あの、えっと』

『もういい。飯沼君って、何も自分の意見言わないよね。これじゃ、全然話が先に進まないし。班替えて欲しい』

『っ、ご。ごめ、な』

コレが他人に話しかけられた時の俺の仕様だ。なんなら、村の入口に立つ村人Ａの方が上手《うま》く喋るだろう。

そんな俺が唯一心を許せた場所はゲームの中だった。それも、今時の他人と繋《つな》がる為に作られたオンラインゲーム等ではない。昔ながらの据え置き機による、完全一人プレイのＲＰＧだ。

『早く帰ってゲームがしたい』

学生時代は、教室の片隅でそんな事ばかり考えていた。

特に俺が好きだったのは、日本で最も売れている、一番歴史のあるゲーム。

【レジェンド・オブ・ソードクエスト】シリーズだ。

ゲームの中なら、誰も俺に話しかけてこない。意見も求めてこない。決まった道筋を仲間達と共に旅をしていくだけ。

話しかけられているのは、意見を求められるのは、いつだって主人公。【勇者】だ。

そんなんだから、高二の冬に不登校になってからは、何をするでもなく家の中に引きこもってゲームばかりをして過ごしていた。家族には迷惑をかけていたと思う。

『結？　ごはんここに置いとくからね』

『……うん』

それでも毎日、母さんは欠かさず俺の部屋の前に食事を置いてくれていた。

ごめん以外の何ものでもなかったが、俺はもう外には……他人と関わりたくなかった。ゲームだけやれればそれで良かった。

でも、その日は少し事情が違った。

『て、転売防止の為……店頭でしか、販売しない？』

それは、地獄のような宣告だった。

俺の大好きな【レジェンド】シリーズ最新作。やっとその発売日が決定し予約が始まったかと思ったら、ネットでの販売は一切行わないとの事だった。

『外、出たくねぇ……でも、早く新作はやりたい』

俺は震えながら外に出る事を決意した。高校を中退してから数年ぶりに、外に出たその日。

俺は死んだ。

いや、ビックリだろう。なにせ、俺が一番びっくりだ。

ゲームを受け取った帰り、俺はサラリーマン風の男に腹を刺された。そして、死んだ。

え、運悪。ていうか、誰だよあの人。遠くから別の悲鳴も聞こえる。どうやらあの男、無差別に他人を刺しまくっているらしい。数年ぶりに外に出て、たまたま無差別犯の通り魔に遭遇した俺。

『い、いたい……』

遠くで、『大丈夫か！』とか『しっかり！』などといった声が聞こえてくる。痛みで朦朧《もうろう》とする意識の中、俺は最期の最期まで〝俺〟だった。

『あ、えと、その。だいじょ、うぶ、です』

その言葉を最後に、俺は死んだ。

全然大丈夫じゃなかったのに、話しかけられた戸惑いの中、大好きなゲームの最新作を胸に抱えて死んだのだ。

運悪。

◇◆◇

「あれは、痛かったなぁ」

その時の傷が、この左側の傷だ。まさか、転生したのに傷が残るとは思わなかった。肉体は違う筈なのに。一体どういう仕様なんだ。

「不思議だなぁ」

そうやって、俺が腹の傷を指でなぞりながら見つめていると、突然、後ろから聞き慣れた怒声が辺りに響き渡った。

「おい、メシはまだか！　さっさとしろ、このクソ犬が！」

「あっ、あっ。えっと、初代様。はい！」

「は？　なに自分の体見てんだ。キモすぎだろ、テメェ」

「あ、いえ。これは……その、ちがくて」

「あーもう、どうでもいい！　早くメシを準備しろ。このグズ！」

「……はい」

初代勇者。去って行くその後ろ姿を目で追いながら、俺は思う。

「初代様……今日も、性格悪いなぁ」

そう、初代勇者様は度を越えたクズだった。

ただ、最初に出会った時は全然こんな風じゃなかったのだ。だって召喚士による時空転移で傷を負ったまま街道の脇に倒れていた俺を助けてくれたのは、他でもない伝説どおりの「初代様」だったのだから。

『大丈夫ですか!?　あぁっ、酷《ひど》い傷だ。待ってください。今回復しますからね』

『あ、貴方《あなた》は……？』

『心配しないで、俺は勇者です。人を救うのが俺の使命ですから』

なんという偶然だろう。たまたまなのか。それとも召喚士の時空転移の腕の成せる技なのか。俺は闇落ちした初代勇者に付けられた傷を、なんと過去のご本人様によって回復して頂く事と相成ったのである。

『ヒール』

回復魔法の温《ぬく》もりを腹に感じながら、俺は全ての始まりである彼を見た。こんなに好青年で優しい若者が、あんな禍々《まがまが》しい力を得て魔王と化してしまうなんて、正直信じられなかった。

一体、彼に何があったというのだろうか。ただ、俺は【レジェンド】シリーズの初代も最新作もプレイした事がないので、何が初代様を闇落ちにまで追いやったのか皆目見当もつかない。

『傷が塞がりましたよ。もう動いて大丈夫な筈です』

『……はい』

こんな優しい表情で笑う男の子が、放っておけば千年後「魔王」になる。

俺は、過去を変えて最恐最悪の魔王の誕生を防がなければならない。そんなワケで、ともかく俺は初代様と一緒に居る事にした。そう、まずは彼の傍に居なければ何をどうしようもない。

『あ、あ、あの。ありがとうございます。ゆ、勇……初代様。この御恩をお返し、したいので、ま、魔王討伐の、旅に……ご一緒させて、くれませんか』

『初代様？』

『あっ、あ。すみません！　ゆ、勇者様』

俺も向こうでは〝勇者〟と呼ばれていた為、口に出して言うのが恥ずかしくて思わず付けた〝初代様〟という呼び名。それを彼は快く受け入れてくれた。

『面白《おもしろ》い呼び名ですね。俺の呼び名はなんでもかまいませんよ。俺は生まれた時から〝勇者〟と呼ばれてきましたから。たまに変わった呼び名で呼ばれるのも面白い』

『あ、ありがとう、ございます。初代様』

【レジェンド】シリーズはプレイヤーが〝名付け〟を行わないと問答無用で「勇者」というキャラ名

にされてしまう。かく言う、俺自身もそうだ。ゲームの中に転生してから、ずっと「勇者」と呼ばれてきた。

『初代様か。ふふ、なんだか新鮮でくすぐったいな』

この頃の初代様は、本当に優しかった。しかし、パーティに入る事は頑《かたく》なに拒否された。

『でも恩返しは結構です。勇者として当たり前の事をしただけですから』

『で、でも……あの、お供させて、ください』

『危険な旅です。一般の方を巻き込むワケにはいきませんよ』

『お、お願いします』

こうして、断る初代様の後ろを俺はともかく付いて歩いた。陰キャでコミュ障の俺にしては、本当に頑張《がんば》ったモノだと思う。まぁ、世界の命運がかかっているのだ。頑張らざるを得なかった。でも、初代様の後ろを付いて行くようになって数日が経《た》ったある日の事だ。

それは、突然訪れた。

『……』

『あの、危険な旅なので。どうかこれ以上は』

『お、恩返しを……させて、ください』

『……』

『初代様？』

『あぁぁあっ！　ウゼェェッ！　付いて来んなっつってんだろうが⁉　クソッ！　犬みたいにちょこちょこ付いて来やがって！　叩《たた》き斬るぞ！』

『……へ？』

初代様は、その本性を現した。そう、誰からも好かれる気高い〝勇者様〟の顔は借りの姿。本性はただの性格クズの超絶俺様野郎だったのだ。

『おい、犬！　そんなに付いて来たいなら、ちったぁ俺の役に立て！　じゃねぇと置いて行くからな！』

『は、え？』

『返事は〝はい〟だろうがぁ!?』

『はっ、はい！』

その日から、俺は初代様の「犬」になった。え、どんなプレイ？

「まさか、初代勇者があんなクズなんて」

水を汲《く》み上げながら、思わず口をついて出てしまう。勇者はお人よしなくらい優しくて正義感に満ち溢《あふ》れている。それが俺の中にある〝勇者〟像だった筈なのに。日本のＲＰＧの元祖でもある〝初代様〟が、こんな性格クズなんて聞いてない。俺の中の勇者像がガラガラと音を立てて崩れていく音がした。

ただ、この初代様。性格以外は文句の付けようがないくらい〝完璧〟だった。

「キャラクタービジュアルは最強だし」

髪の毛は、太陽の光を溶け込ませたかのような光輝く金髪。それに加え、目鼻立ちの整った美しい顔立ち。琥珀《こはく》色に縁どられたガラス玉のようで綺麗《きれい》な瞳は、切れ長の目によって、ほんの少しだけ生意気そうな印象を与えてくる。しかし、そんな滲《にじ》み出る少年っぽさが母性本能を擽《くすぐ》るのか、どの街や

村に立ち寄っても初代様は女性人気が凄《すご》い。

「細マッチョだし」

全身しなやかな筋肉を纏《まと》っているにもかかわらず、ゴツすぎない体の線。いや、これで十八歳だっていうんだから、これから先の成長が楽しみだ。うん、魔王にさえならなければ。

「それに、ステータスが全パラメータ完突してるし」

え、そんなのアリなのか？

そう、アリなのだ。初代勇者様は、言い過ぎとかそういうのではなく、完全に最強仕様なのである。

普通、魔法や回復、遠距離攻撃に関するステータスは、後から〝仲間〟としてパーティに組み込まれるので、主人公にはその辺りのスキルは付与されない事が多い。

主人公の武器は往々にして、剣！　そして前衛で敵と交戦する！

「……ってのが、ＲＰＧの主人公のセオリーなんだけどなぁ」

この俺が、そうであるように。

しかし、初代様に関しては一切それらが適用されていない。武器、魔法、補助スキル、それら全てを完璧に操ってくる。

まぁ、それもその筈。

「仲間が居ないとこうならざるを得ないのか」

そう、リアルの俺が生まれるよりも前に発売されたシリーズ第一弾。【レジェンド・オブ・ソードクエストⅠ】は、仲間が一人も居ないのだ。旅立ちから、魔王を倒すまで、完全に勇者一人のボッチ構成。

俺は初代をプレイした事はないが、情報だけは知っている。まったく、今じゃ考えられないゲーム仕様だ。さすが初代である。

まぁ、初代だけはファンとして一度くらいプレイしておくべきだったと、今では思う。ただ、ソフト本体にプレミアがついて無職の引きこもりに買えるような値段ではなくなっていたのだ。

しかし、いくら情報がないからといって何もしないワケにはいかない。

――頼む、過去を変えて。俺達を助けにきてくれっ！

俺は、川の流れる音と共に召喚士の声を遠くに聞きながら、腰に留めた鞄《かばん》の中から「一冊の本」を取り出した。いかにも魔術書っぽい装丁をした古めかしい本。それは、俺が此方の世界に飛ばされてきた時に、いつの間にか持っていたモノだ。

本は、どうやら転移した際に召喚士が俺に持たせたらしかった。ただ、中を捲っても何も書かれていない。しかし、一枚だけ文字の書かれた付箋が挟まっていた。

《日々の記録を残せ。過去を改変できたら、最後の頁《ページ》を破る事。そうすれば、元の時代に戻る事が出来る》

どうやら、この本が元の時代に戻る為のトリガーらしい。なんか昔のゲームによくある日記帳を模したセーブデータっぽくて、少しだけワクワクしてしまった。と、同時に思い知った。あぁ、【新しい冒険の章】が始まってしまった、と。

否応《いやおう》なく始まってしまった新章。その為、俺はここにきて一つの仮定を立てた。

「陰キャと違って……陽キャはボッチだと病んで闇落ちしそうだもんな」

っぽい〜〜！　それっぽ〜い！

絶対そうだ。だから、初代勇者は孤独に耐えきれず、最新作で闇落ちして魔王なんかになってしまったんだ。

だから、この時間軸での目的を、俺は〝こう〟定める事にした。

「初代様を闇落ちさせないように……俺は、ともかく一緒に居る！」

笑わないで欲しい。これでも必死に考えたのだ。

俺は仲間と元居た世界を救う為、この時代に〝一人〟で飛ばされてきた。だから、攻略方法も一人で考えるしかない。難しい事を考えるのは、いつだって召喚士や神官の役割だったのに。こういうのも本当は嫌いだ。誰か、俺の進む先にレールを引いてくれよ。

「おいっ、いい加減にしろ！　早くメシ作れ！」

「っ！　は、はい！」

初代様の怒鳴り声に、俺は飛び上がって駆け出した。

ひとまず、俺は彼を一人にしないように、魔王討伐にくっ付いて回る。それしかない。

「……でも。これで攻略法、ホントに合ってんのかな」

誰か、攻略サイトか攻略本くれよ。

三：初代様には、手が出せない！

　ＲＰＧに戦闘は付き物だ。

「っち、囲まれたか！」

「初代様！」

　ボッチで陰キャでも、俺だって勇者だ。

　最初は、戦闘でも初代様の役に立とうとした。そうすれば、初代様の異様な強さも、俺というパーティメンバーに依存して、少しは弱まるかも、なんて期待して。

　しかし。

「初代様！　向こうの敵は、俺がっ……うわっ！」

「っだぁぁあっ！　クソ、余計な事すんじゃやねぇよ⁉　殺すぞ！」

「っひぃぃぃぃ！」

　無理だった。

　初代様は、完全にボッチ戦闘に慣れ切っており、他人である俺が少しでもフィールドを行き来しようものなら、ブチ切れて敵ではなく俺に剣を向けてくるのである。鬼か。

「今度！　勝手に手ぇ出したら！　追い出すからな⁉」

「はいぃぃっ！」

　戦闘を終えたフィールドの上で、俺は美しい顔の造形をこれでもかと歪《ゆが》めてキレ散らかす初代様にお説教を食らっていた。これで何度目になるだろう。

「おい、犬。テメェさては、魔王討伐の功績を横取りしようってんじゃねぇだろうな？」

「あ、いや。その。そ、そんなことは」

「これだから嫌なんだよ！　中途半端に仲間面してくるヤツはよぉ」

「あ、あの、ちがっ」

あぁ、このやり取りも何度目になるだろう。俺が何をしても、そんなつもりはないと必死に説得しても一向に聞き入れてくれない。それどころか、完全に俺は、初代様にとっては討伐の利益を横から掠《かす》め取ろうと企《たくら》む、ハイエナか何かのようになってしまっている。

「どうせテメェら凡人には、〝剣聖の血〟が流れてねぇから魔王の討伐は無理だっつーの」

「……剣聖の血」

「あ？　まさかお前、知らねぇのか」

「あ、いや」

「まぁ、犬だから仕方ねぇか。こっちの文字も読めねぇんだもんな」

言いながら、初代様はバカにしたようにヒクリと目を細めた。

そう、俺はこっちの時代の文字が殆《ほとん》ど読めない。会話は特に問題なく出来るのだが、文字はまるでダメだった。いや、だって仕方ないだろう。最新作と初代では、その時代に千年近くの開きがあるのだ。しかも、主たる舞台となる地方も異なる。そのせいで使用言語が違ったのだ。ゲームのくせに、こういう所は妙にリアルで困る。

「テメェが変な気を起こす前に教えといてやる。剣聖の血は、俺にしか流れてねぇ特殊なモンだ。神託によって、生まれる前から俺は魔王を殺《や》るように決められてんだからな」

「神託っ？」

「おう、未来の預言書みてーなモンだ。そこに俺の事は全部書かれてる」

初代様の口にした「神託」という言葉に、俺は一気にテンションが上がるのを感じた。

そう、〝神託〟は【レジェンド】シリーズのオープニングで必ず読み上げられる預言書の事だ。そこには全ての災厄の祖である魔王と、それに対抗する力を持つ為に天から遣わされた英雄の誕生について記されている。

そんなの、シリーズファンの俺が知らないワケない。むしろ、俺！　神託暗唱できまーす！　小学生の頃、暗記する為に一人で休み時間中、ずっとブツブツ言ってたせいで、隣の席の女子から「早く席替えしたい」って、先生に物申された事があるくらいなので。つら。

「この世界のどっかにある光の聖剣、エクスカリバーが使えんのも俺だけだ」

「エクスカリバー！」

「へぇ、さすがにテメェもエクスカリバーは知ってんのか？」

「は、はい」

予想以上に声が大きくなってしまった俺に、初代様は少し驚いたように目を瞬《またた》かせた。ゲーム中に出てきた固有名詞が初代様本人の口から聞けるなんて。シリーズファンとしてはちょっと、いやかなり感動だ。

「なら、テメェは黙って見てろ。ぜってー手ぇ出すな。分かったな？」

「はい、もちろんです！」

そう、俺が密かに胸を高鳴らせながら頷《うなず》くと、それまで生意気そうに細められていた初代様の目が、どこか遠くを見ていた。

「魔王討伐の報酬として、俺はこの国の姫を貰《もら》う。そしたら、俺が次の王だ。……今度は全部俺が決めてやる。全部」

そう言いながら、初代様の眉間に深い皺《しわ》が刻まれる。

琥珀色の瞳が見つめるのは〝俺〟ではなかった。

「あ、あの」

「あ？」

遠くを見ていた初代様に、俺は思わず声をかけていた。細められていない、切れ長の瞳が俺を捉える。

「な、何か俺にも出来る事があったら、言って貰えれば、お、俺も戦え……」

「おい、犬」

「は、はい！」

「俺はさっきお前になんて言った？　そして、返事はなんて教えた？」

「はっ、はい！　絶対に手は出しません！」

「二度と同じ事を言わせんなよ。俺は未来の王だ。テメェは黙って俺に従ってりゃいいんだよ」

「……はい」

凄い、さすが初代様だ。それにしても、初代様はお姫様と結婚して、この国の王様になりたいなんて物好きだな。一国の主なんて、俺は頼まれたってやりたくないってのに。

そんなワケで、俺はしばらく初代様の身の回りの世話だけをせっせと行う、小間使いのような仕事に終始していた。

でも、これはこれで、俺の性に非常によく合っていた。言われた事をする。言われた事だけすればいい。余計な事を考えなくていい。

ある意味、最高。

「高校の時みたいだなぁ」

不登校になるまで、俺は毎日学校の不良にパシられていた。でも、パシりは嫌いじゃない。だって、言われた事だけしてればいい。考えなくていいし楽だ。今と同じ。

俺が一番嫌いな事。それは、意見を求められる事なのだから。

「おいっ、犬！　メシ！」

「はいっ！」

だからだろう。

俺は、いくら初代様の性格が悪かろうが、人権ガン無視な扱いを受けようが、本気で嫌だとは思わなかった。言われた事をしていればいい。意見を求められないというのは、死ぬほど楽だった。

俺自身が〝勇者〟として旅をしていたあの三年間より、今の方が随分と心地良かった。

「えっと、初代様は、最高にクズだけど……一緒に居て楽だから良い」

記録を残せと言われて召喚士から渡された本は、今やただの日記と化していた。今のところ、どの日にちにも「初代様はクズ」という言葉が躍っている。これ、見られたらヤバイかも。

◇
◆
◇

「っち！　最近はモンスターも多いな」

ラスボスである魔王への道は、まだ半ばだ。目の前には大量のモンスターの群れ。

しかし、一人しか居ない初代様に対して、このモンスターの数は確かに鬼畜すぎるだろ。

「よいしょっ、っと」

俺はいつもの如《ごと》く荷物を持って戦闘フィールドから離れると、数十体のモンスターに囲まれる初代様を見守った。本当は、俺も一緒に加わった方が圧倒的に楽に戦闘は進むのだろうが、そんな事をしては、今度こそパーティから追い出されかねない。

「ックソ！」

気付けば、一匹の狼《おおかみ》モンスターが初代様の背後から襲いかかろうとしていた。

あれじゃあ、もう避《よ》けれない。きっと背中をガブリと噛《か》みつかれ、痛みで出来た一瞬の隙を突いて、前方のモンスターから腹に爪を立てられるに違いない。

と、三年間の冒険で得た勘が一気に俺へと告げる。

「腹。刺されたら、痛いよな」

その瞬間、俺は素早く荷物からアイテムを取り出して、初代様へと投げた。とっさの事だった。

「っぐあ！」

俺の見立て通り、初代様は背中を噛みつかれ、腹に爪を立てられた。痛みで表情が歪む初代様。しかし、俺の投げた回復アイテムが一気に彼の傷を癒す。

「っ！」

一瞬だけチラと此方を見た初代様だったが、ひとまず目の前のモンスターに意識を集中させる事にしたらしい。正しい判断だと思う。

痛みがなければ、攻撃にもキレが生まれる。そこから、初代様はあっという間にモンスターを一掃した。

「……おい」

「あ、えっと。はい」

初代様が、剣を柄《つか》に戻しながら俺の方へとやって来た。怖い。いつもだったら「おら、駄犬！　来い！」と俺の方が呼び出しを食らうのだが、今日はどうやら違うようだ。

怖い。思わず俯《うつむ》く。初代様の影が俺にかかる。初代様は、俺より随分と体も大きいのだ。

「あの、えと……何か」

「テメェが喋んな」

「はいっ」

一蹴されてしまった。勝手な事をした俺は、とうとう初代様からパーティを追い出されてしまうのだろうか。そうなったら、俺の世界で待ってくれている仲間達や世界はどうなるのだろう。

俺が緊張からゴクリと唾液を飲み下した時だ。何故《なぜ》だか初代様が地面に向かって手を伸ばしていた。

「落としてんぞ、本」

「あ、あっ！　ソレは……！」

どうやら、戦闘の移動中に本を落としていたらしい。俺が慌てて本へと手を伸ばそうとすると、初代様は容赦なく本のページを捲《めく》った。ヤバイ。その中には「初代様はクズ」という、完全なる悪口が書き殴られているというのに。あぁ、終わった。絶対にパーティから追い出される。

「これ、日記か」

「……あ、いや」

「ま、どうでもいいけど。ほらよ」

しかし、初代様はまるで興味がなさそうに俺へと本を差し出してきた。俺が「あれ？」と心底首を傾げていると初代様は、いつもと同じく生意気そうに目を細めながら言った。

「アイテム、使いすぎんじゃねぇぞ」

「え、ぁ」

そう言った初代様の声は、いつもより穏やかだった。眉間に皺も寄っていない。出会った頃の優しい初代様の表情が、うっすらと垣間《かいま》見えた気がした。

「……」

「おら、返事」

「は、はい」

初代様はそれだけ言うと、俺に背を向けて「街に行くぞ！　風呂付きの宿を探せ！」と、俺に言い放った。

良かった。どうやら追い出されずに済んだらしい。勝手な事をして、悪口の書かれた日記まで見られたのに。

「か、回復なら……いい、のか？」

俺は急いで荷物を肩にかけると、さっさと街の方へと歩いて行く初代様の後を追った。そして、先程返された本をパラパラと捲り、やっと思い至る。

「そっか。初代様も俺の書く文字、読めないんだ」

いや、本当に良かった。助かった。リアルな世界観の設定に助けられるとは……！　ありがとう。【レジェンド】シリーズの制作スタッフ様！

そして、そこから俺は地味に毎日回復スキルの習得に努め始めたのである。初代様の言うように、アイテムを使いすぎない為には、俺が回復魔法を覚えるしかない。

「ヒール！　ヒール！　……あれ？　全然発動されない。……ヒールってこんなに難しいんだ」

そりゃあそうだ。俺に神官のスキルはない。でも、可能性はゼロではない。

それに、これで未来の魔王から少しでも回復力を奪えるかもしれないのだ。だから、毎日俺は初期回復魔法ヒールの鍛錬に励んだ。

「ヒール！　ヒー──ル──！」

「おい、駄犬！　うるっせぇぞ！」

「っは、はいぃ！　すみません！」

《初代様は今日もクズだ。》

四：初代様には、クズが似合う！

目の前のコレは、一体誰だろうか。

「そうなんですね。森にモンスターが急に増えてしまった、と。それは大変だ。俺に任せてください」

「あぁ、勇者様。ありがとうございます」

「私どもじゃ、どうしようもなくて」

「いいえ。勇者として倒すべきモノは、決して魔王だけではありません。人々の不自由を取り除くのも、勇者の血を受け継ぐ者としての役目ですので」

そう言って、その精悍《せいかん》な顔に美しい笑顔を浮かべてみせる。その瞬間、周囲を取り巻いていた村人達が、弾むような歓声を響かせた。

「では、今晩は我が家にお泊まりください。何もない村ですが、精一杯おもてなしをさせて頂きますので」

「ありがとうございます」

「そちらはお仲間の方でいらっしゃいますか？」

「え？」

村長らしき人物の顔が、チラと俺へ向けられる。それに対し初代様は一瞬その顔に浮かんだ笑顔をピクと引きつらせると、喉の奥でタンでも絡んだように一度深く咳《せき》をした。

多分、今「コイツは犬です」とでも言いかけたのだろう。しかし、素晴らしい人格者たる〝勇者様〟が、そんな事を大勢の前で言える筈もない。

「彼は、〝連れの者〟です」

絶対に〝仲間〟などとは言わない。初代様の口から漏れる〝連れ〟という、揺るぎない意思を帯びた言葉に、俺はいつもの通り応えるのだ。

「はい。俺は初代様の〝連れの者〟です」

初代様の言葉には「はい」以外の返答は許されない。

◇◆◇

その日の夜は、村長の家で盛大な食事を振る舞われた。作ってくれたのは村長の孫娘。この片田舎の小さな村に住んでいる割に、洗練された可愛《かわい》らしい容姿をした女の子だった。

「はい、勇者様。おかわりが必要な時は、いつでもおっしゃってくださいね」

「ああ。ありがとうございます。素晴らしい食事ですね。こんなに美味《おい》しい食事は、本当に久しぶりです」

俺は配られたスープを見て思う。ヤバイな、と。

なにせ、初代様の嫌いな野菜ばかりが入っている。それに、こっちのパンもそうだ。中にキイチゴの実が入っている。初代様はキイチゴも苦手だ。それに、あっちの肉。あれは、バグスの肉だろうか。うん、きっとそうだ。初代様はバグスの肉も苦手だ。

「……んー」

そう、ここにある中で初代様の食べられるモノは一つもなかった。初代様は大変な偏食家なのである。

「いや。本当に、温かい食事なんて久しぶりです。いつもは野宿で干し肉と味気のないスープばかりを食べていますので」

「まぁ、そうなんですね。勇者様、お可哀想《かわいそう》に」

嘘《うそ》だ。俺が毎日毎日、初代様の嫌いなモノを完全に排除した、好みの食事を懇切丁寧に作り込んでいる。もちろん、いつも出来立てだ。

「……」

俺は手元にあるパンから、キイチゴの実を全部取り除くと、初代様の手元にあるパンとすり替えておいた。ついでに、スープも初代様の嫌いなモノをソッと全て俺の皿に移す。お陰で、具のないスープみたいになってしまった。

他は、まぁ口の上手い初代様の事だ。どうにかして食べないでもよい方向にもっていくだろう。

「勇者様。あの私、勇者様の事が」

「あ、あの。すみません。初代様、俺」

終始、初代様に対して頬《ほお》を染めて話しかけていた村長の孫娘。

そんな彼女と初代様との会話に、俺はタイミングを見計らって飛び込んでみた……が、完全に失敗した。村長の孫娘と話しかけるタイミングが完全に被《かぶ》ってしまった。

最悪だ。これだからコミュ障はいけない。

「どうした？」

「あ、えと……」

しかし、初代様は村長の孫娘ではなく俺の方へと顔を向けてきた。きっと、内心この一口も食べたくないであろう食事を前に、何か活路を見出《みいだ》そうとしているに違いない。まったく、パーティメンバーが居ないと、こういう事も一人で乗り越えなければならないワケか。

確かに、陽キャなら病むかもしれない。

「あの、俺……少し、外に出ますので、」

俺が、チラと視線を落としながら言うと、初代様もつられて手元を見た。するとそこには、俺が先程用意した、キイチゴ抜きのパンと、具のなくなったスープがある。初代様はそのパンとスープに、微《かす》かに切れ長の目を見開くとすぐに俺の方へと視線を戻してきた。

「あの、用がある時は、その……外に来て頂けたら」

「ああ、分かった」

俺が、脇に置いていた旅の荷物を肩にかけ、村長の家の扉に手をかける。もう、後ろでは村長の孫娘が俺に遮られた話の続きを無邪気に話していた。

うわ、あの子も陽キャだ。俺は一度遮られたら、もう二度とその話は出来そうにないのに。あんな、何事もなかったかのように話し続けられるなんて。陽キャ以外の何者でもない。メンタルがカンストしてる。

そんな事を思いながら、俺が村長の家から出ようとした時だ。

「気を付けろよ」

初代様の声が聞こえた。思わず振り返る。俺に言ったのか。いや、違うだろう。そう思ったが、初代様はハッキリと俺の方を見ていた。その切れ長の目に、俺はとっさにいつもの癖で答えていた。

「はい」

◇◆◇

やはり、初代様はクズが似合う。

「あー、クソ不味《まじ》ぃメシだったわ。あの女、ずっとペチャクチャ横でうるせぇしよ。ちったぁ黙れっての」

「ハハハ」

「お前もそう思うよな？　あの女は駄目だ。ウルセェ、メシまじぃ、股緩そう。最悪」

結局、あの後。初代様はすぐに村長の家を出て、俺の元へとやって来た。俺はといえば、初代様は絶対にあの食事の量では足りないと分かっていたので、森の中で夜食を作って待っていた。

そして、現在。不機嫌フルマックスの初代様に、食事を振る舞っているところである。

「ま、股……？」

「おう。あの女、親の見てる前でヤベェぞ。ずっと、俺の股間触ってきやがって。こんなトコ何日も居たら、俺の貞操がヤベェ。明日モンスターを狩ったら、すぐに出る」

「は、はい」

「おら、おかわり」

「はい」

陽キャ、こえぇぇ。

さっきのあの会話の中に、股間を触るとかそんな瞬間があったのか？　可愛い顔して、あの孫娘怖すぎる。これだから、リアルの女は怖いんだよ。まぁ、ここもゲームの世界なんだけどさ。いや、でも俺が居る場所。そこがリアル。

俺は初代様が食事をする隣で、召喚士のくれた本に記録を残しながら身震いをした。

《陽キャの女子は、どこの世界でも怖い》

よし、これでいい。もう書く事がなさすぎて、きっと後で召喚士が見たら「何の記録取ってんだよ」と言われそうだ。

「勇者の血を引いた子供なんて、どいつもコイツも欲しがりやがるからな。気ぃ抜くとすぐ女の方から迫ってきやがる、マジでキメェわ」

「……そ、そうなんですね」

「俺はここぞと決めた女にしか、種は蒔《ま》かねぇって決めてんだ。後からお前の子だなんだって、四方八方から騒がれたら面倒クセェからな」

「……はい、それが良いと思います」

そして、イケメンすぎて一見ヤリチンに見える初代様の方が、女の子達より貞操観念がしっかりしているって一体どういう事だ。

ただ、せっかくイケメンなのに女遊びもまともに出来ない。初代様は意外と苦労人だ。

「俺の、勇者の血は……王族にしかやらねぇ。魔王を倒して姫と結婚したら、我慢してた分死ぬ程ヤりまくってやる」

「はい。是非そうしてください」

初代様は、まだ十八歳の筈だ。ヤりたい盛りに魔王討伐を一人で任されて。確かに、そんなんじゃ陽キャじゃなくても病むかもしれない。可哀想に。よし、これも記録に残しておこう。

《初代様は意外と貞操観念がしっかりしている。えらい》

最近の記録には「初代様はクズ」という文章が大分《だいぶ》減ってきた。まぁ、クズだと思う事は未だに山の如しだが。

すると、自分が喋るたびに本に文字を記す俺に初代様も気になったのか、俺の書く本をチラと覗き込んできた。

「お前、ずっとソレ何書いてんだよ」

「あ、えっと。その、大した事では……」

俺はと言えば、初代様は俺の書く文字が読めない事が分かったお陰で、覗き込まれてもビビらなくなった。こういうのは、堂々と書く方が良いのだ。むしろ、隠れて書くと余計怪しまれる。

「ふーん」

ほらね。俺は初代様の心底どうでも良さそうな返事に内心ほっとした。初代様だって俺の事なんかどうでも良いのだ。話の繋ぎに話を振ってくれただけ。俺は初代様の気のない返事を聞きながら、再び手元の本にどうでも良い事を書き連ね続けた。

「早いトコ、魔王をブッ倒してぇわ」

俺の作ったスープをかきこみながら、溜息《ためいき》を吐き出すように口にする初代様。視線は未だに俺の本へと向けられている。その様子はいつもの偉そうな姿とは異なり、少しだけ幼く見えた。

「あの、初代様？」

「……はぁっ」

しかし、すぐに深く息を吸い込むと、再び俺の方へと皿を差し出してきた。その時の目は、もういつもの初代様だった。偉そうで、生意気そうな琥珀色の瞳が俺を捉える。

「おら、おかわり」

「はい」

「……多めによそえよ」

「はい」

最近、俺は料理スキルだけは異様に上がってきてしまっている。その証拠に、初代様から食事の文句が一切出ていない。実はあの本の半分は、初代様用のレシピのメモだ。そのうち、初代様用のレシピ本になるんじゃないだろうか。

なぁ、これで俺大丈夫？　攻略掲示板よろ。

五：初代様は、殺せない！

「っおら！」

「ヒール！」

今日も今日とて、俺は初代様の魔王討伐にくっ付いて回り、闇落ちを阻止すべく「ヒール」の詠唱を行っている。

最近、初級回復魔法の「ヒール」だけは完璧にマスターした。だから、何かにつけて「ヒール」をする。なにせ、俺に許可されている技はソレしかないからだ！

「ヒール！」

「おい、犬！　出来るようになったからってバカスカ乱発してんじゃねぇ！　無駄打ちすんな！　このボケ！」

「っは、はい！　す、すみませんっ」

そんな俺は、一応、最新作では〝主人公の勇者〟をさせて貰っている。

まぁ、最近「回復」と「料理」しかしてないけど。これじゃあ、初代様の戦力を削《そ》ぐどころか、確実に俺の方が弱くなっている気がする。

え？　俺、元の時代に戻ってから大丈夫なのか？

◇◆◇

そうやって、ヒール三昧で弱体化の一途を辿《たど》るようになってしばらくの事だ。俺達に〝新たな敵〟が現れた。

「っはぁっ！　クソ！　また、逃げられたか」

「そ、そうですね」

一瞬にして姿を消した刺客に、勇者様は苛立《いらだ》ったように剣を地面に刺した。これで何度目だろう、初代様に暗殺者が差し向けられたのは。しかも、最近遭遇する頻度が高い。

「どうせ、魔王の差し金だろ。俺が自分に近づいてきてるからって、ビビッてやがんだろうな」

「でも、相手は人間でした」

「こっち側にも裏切りモンが居るって事だろうが、ふざけやがって！　今度来やがったらぶっ殺してやる！」

ぶっ殺してやる。

なんて威勢の良い事を言っているが、初代様がわざと刺客に止《とど》めを刺さずにいる事を、俺は知っている。初代様は、敵であるモンスターや魔王の配下は容赦なく切り捨てるが、こと〝人間〟相手になると話は別だ。

初代様は、人間を殺せない。クズだけど、そういう所は真《ま》っ直《す》ぐな人なのである。

「初代様、今日はこの辺で野営しませんか」

「……ああ」

どこか疲れたように剣を仕舞う初代様の目の下には、ハッキリ、クマが出来ていた。最近、初代様はあまり眠れていないようだ。そのせいか、以前のように俺を一方的に怒鳴りつける事も、生意気そうな目で不敵に笑う事も減った。最初は怒鳴られるのが怖くて「やっぱり初代様はクズだ」なんて思っていたのに、なくなったらなくなったで、どこか物足りなく感じてしまう。変な気分だ。

「初代様、野営の準備が出来ました」

「……あぁ」

しかし、初代様は一向に横になろうとしなかった。ただ疲れは溜《た》まっているのだろう、何度も何度も吐き出すように深い溜息を漏らしている。その疲弊しきった横顔に、気付けば俺は声をかけていた。

「あ、あの、初代様。敵が来たら、俺も戦えます」

「……だからなんだよ」

「寝て貰って大丈夫です」

そう、今でこそ「ヒール」と「料理」しかしてないが、そもそも俺も〝勇者〟なのだ。しかも、レベルはある程度上げきっている。だから、だいたいのモノは倒せる自信がある。

そう、俺が初代様に温めた飲み物を渡しながら言うと、初代様は鼻で笑った。

「じゃあ、オメェが刺客だったら。俺は、その腰の剣でブッ刺されて死ぬってワケだ」

「……そんな事は」

「口答えすんな。追い出すぞ」

「はい」

ヤバイ。最近まともに寝てないせいで、初代様の堪忍袋の緒が切れやすくなってる。プッツンプッツンだ。

「さっさとメシ作れや」

「……はい」

ただ、俺は柄にもなく少しばかりショックを受けていた。しばらく一緒に居て、少しは信用されてきたかと思っていたが、どうやらそれはとんだ間違いだったらしい。

初代様の心の壁が厚すぎる。このままでは、不眠症で心を病んで、闇落ちするんじゃないだろうか。

ヤバイヤバイ、どうにかしないと。

「……でも、どうする？」

俺は料理を作りながら考えた。眠れない時、俺はどうしていただろう。

◇◆◇

「っはぁ」

先程から、初代様が寝がえりばかりをうっている。今日も眠れないのだろう。そりゃあそうだ。世界の為に一人で戦っているのに、誰の差し金かも分からない得体のしれない暗殺者が毎日のように送られてくるのだ。

普通に考えて病むわ。こりゃ闇落ちするに違いない。

でも、ここで俺が余計な事を言って、パーティから追い出されてしまっては、それこそ万事休すだ。

「……あぁっ、くそっ」

すると、横になっていた筈の初代様が起き上がる気配を感じた。薄目を開けて、初代様の背中を追う。

確かに、眠れないって辛《つら》い。それ自体もだが、どちらかと言えば、長い長い夜の時間を、どうする事も出来ずに横たわるしかない状況が辛いのだ。ただ横になって過ごすには、夜はあまりにも長すぎる。

知っている。だって、俺も幾度となく経験してきた事だから。

「あー……怒られませんように」

俺はソッと初代様の後を追う為に体を起こすと、真っ暗な夜の森へと入った。

パーティから追い出されるのは困る。

けれど、こうして一緒に居たとしても、初代様が闇落ちしてしまっては、それこそ俺の居る意味がないのだから。

◇◆◇

初代様は、川べりの岩に腰かけていた。

「ンだよ」

「……あの、飲み物を」

「あ？　頼んでねーんだけど」

「さ、サービスです」

「っは、なんだソレ」

もう疲れ切っているのだろう。初代様は、勝手に付いて来た俺に対して怒鳴ったりはしなかった。むしろ、俺を見た瞬間、どこかホッとしたような表情を浮かべた程だ。俺を見てホッとするなんて重症すぎる。初代様は、俺を怒鳴ってバカにしてこそ〝初代様〟なのに。こんなのは、俺の知っている初代様じゃない。

「お、俺の場合、眠れない時は、」

「あ？」

「寝ません」

「は？　何言ってんだ。お前」

突然喋り出した俺に、初代様は俺の渡した温かいミルクを飲みながら、眉を顰《ひそ》めた。まぁ、そうなるわ。でも俺は、喋るのが苦手なんだ。

初代様とでさえ、やっと最近、少しだけ目を見て喋れるようになってきたけど、他は無理だ。陰キャは慣れるのに、相当の時間を要するのだから。

「眠れねーんだから、必然的にそうなるだろ」

「ち、違くて」

少しだけ苛立ったように喋る初代様。月夜に照らされるその顔は青白く、整っているせいもあり作り物の彫刻のように見えた。綺麗だ。でも、なんだか不安になる綺麗さである。

「はぁ？　ハッキリ言えや。ボソボソ喋んな」

「はい！　眠れないんじゃなくて、もう、寝ないって決めます！」

語気を強めた初代様に、俺も勢いで応える。

すぐ傍でサラサラと川の流れる音が聞こえた。あぁ、初代様が此処に来た理由が分かった気がした。

ここは、音が心地良いんだ。

「それ、何か意味あんのか」

「な、ないかもしれません」

「なんだ、この会話。ダリィ」

「……ただ、」

「あ？」

「もう寝なきゃって焦るのはやめて。眠れないなら、寝ない。明日眠くなったら寝ればいいって思うと……少しは気が楽で」

「……夜は長《なげ》ぇんだよ。暇だろうが」

確かにそうだ。

俺の場合、眠れない時はゲームをしていた。ひたすらレベル上げをして、全てを忘れるように没頭した。俺は眠れない夜、ゲームに何度も助けて貰ったのだ。

「わ、分かります。夜ってなんか、こう不思議ですよね」

「は？」

「眠ると一瞬で過ぎるのに……眠れないと凄く長い。昔から、なんでだろうって思ってました」

だから、初代様が眠れないのなら、今度は俺がなんとかしてやりたい。これは、闇落ち云々《うんぬん》とは違う。俺の、ゲームに対する恩返しみたいなモノだ。

「おい、犬。なんでもいいから喋れ」

「……え？」

「お前の言うように、俺も寝ないって決めてやる。ただ、暇だ。テメェも付き合え」

突然の初代様からの提案に、俺は思わず目を剝《む》いた。

え、これは一体どういう事だ？　俺は一体何を言われている？　ただ、先程までは青白くて作り物みたいだった初代様の顔が、今は少しだけ人間に戻ったような色をしている。

「あ、なら。初代様のお話を、俺が聞くというのは」

「却下。もう、キツいんだよ。口動かすのもダリィ」

「でも、俺の話なんて、多分つまんないですし」

「つまんなくていい。その方が眠くなりそうだ」

「……た、確かに」

それは言えている。ここで、ドッカンドッカン笑いを取れるような話術スキルマックスの陽キャが喋ったのでは、本来の目的を違《たが》える事になってしまう。

初代様が少しでも眠れるようになる事。ここでは、それが一番の目的なのだから。

「つ、つまんない方がいいなら……はい」

「あぁ、すっげぇつまんねぇ話しろ」

「えっと、何を話したら」

「お前の昔話でいい。ちょうど、クソつまんなそうだしな」

初代様が腰かけた岩の上で胡坐《あぐら》をかき、膝に肘をついて此方を見ている。

どうしよう、もう完全に聞く体勢に入っている。しかも「クソつまんなそう」なんて言いながら、初代様のその顔は最近ではあまり見なくなった、あの生意気そうな表情を俺に向けていた。ちょっと楽しそうに見えるのは俺の気のせいだろうか。

「あの、なら昔話って何歳くらいの時の話をしたら……」

「あ――――っ！　既にこのやり取りがクソダリィ！　……じゃあ、十六！　お前が十六の頃の話をしろ！」

「じゅうろく……」

初代様の久々の怒声を懐かしく思いつつ、俺は自分が十六歳の頃の事を思い出していた。十六歳。高校一年生。俺は何してたっけ。

俺がぼんやりと過去の……前世の自分の記憶を思い出していると、初代様がふと俺に尋ねてきた。

「つーか、お前。今いくつだ？」

「二十五です」

「……マジか」

その「マジか」とは一体どういう意味だろうか。まぁ、察するに二十五にもなって、こんな体たらくである事に対する「マジか」なのだろう。珍しく、ただ純粋に驚いたような表情を浮かべる初代様の姿は、いつもの大人びたそれではなく、年相応の十八歳の男の子の顔だった。

「……二十五で、すみません」

「まぁ、別にテメェが何歳かなんてどうでもいいけどよ。ほら、さっさと話せ」

そう、本当にどうでもよさそうに指示を出してくる初代様に、俺は心底ほっとした。初代様の、こういう所が俺は好きだ。

期待されるのは重い。自分にしか出来ない事なんて存在しないで欲しい。自主性なんて求められず、全て誰かに決めて欲しい。

だから「あーしろ」「こーしろ」と全てにおいて命令してくれる初代様との旅は、冗談抜きで楽なのだ。それに初代様は、俺に一切〝期待〟なんてしない。あぁ、心地良い。

「十六歳の時は、学校に、友達とか居なくて。あ、いや。十六歳じゃない時もずっと居ないんですけど」

話し始めてみたものの、こういう感じで良いのだろうか。

チラと初代様に視線を向けてみたが、初代様は目を閉じて俺の方なんか見ちゃいなかった。良かった。真剣に聞かれていたら、どうしようかと思った。

「だから、俺の楽しみは家に帰って……ゲームっていうか、物語を見る事しかなくて。喋るのも、苦手だし。そんな風にしてたら、周りは、どんどん、友達とか、仲良い人が出来ていって、俺は完全に、学校じゃ一人で」

十六歳。俺が不登校になる一年前。

その時のことを、こんな風に思い出すなんて思ってもみなかった。初代様は、やっぱり目を瞑《つむ》っている。寝ているのかもしれない。寝ていて欲しい。

「そんな俺に、唯一話しかけてくる人が居て。その人、不良で……周りから、怖がられてる人で。俺はその人から、目を付けられて。パシリに、されてました」

「パシリって」

「え？」

「どういう意味」

目を瞑っていた初代様が、急に話しかけてきた。起きてた。しかも、聞いてた。

「パ、パシリの意味は……えっと、どういう意味だろ」

パシリの正式な意味ってなんだ。考えた事もなかった。えっと、なんだっけなんだっけ。焦る。話を聞かれていた事にもビビッてしまって、頭の中がまとまらない。

あの人、どんな風に俺に接してたっけ。えっとえっと。

――おい、パン買ってこいや。あ？　さっさとしろ、このボケ。

――さっさとメシを用意しろや！　この駄犬が。

「あ、犬」

「は？」

俺の呟いた言葉に、初代様が短く反応する。この人、意外と聞いてる。

「犬です。パシリっていうのは、その……犬の事です」

「……あぁ、犬か。よぉく分かった」

心底腹落ちしたように頷く初代様に、俺はホッと胸を撫《な》で下ろした。分かって貰えて良かった。そういえば、あの人は初代様に似ている気がする。もう、顔もあまり思い出せないが。今頃どうしているだろう。

「俺は、その人のごはんを買ってきたり、授業のノートを見せたり。あと、」

――お前さ、なんでもハイハイ言う事聞くけどよ。俺に死ねって言われたら死ねんのか？

――っは。さすがに死にはしねぇか。なぁ、だったらさ。俺が命令したら、お前どこまでやれる？

「……あと、まぁ。色々。〝死ね〟以外は、まぁ、何でもやりました」

「ヤバ、お前って昔からそうなのかよ。プライドとかねぇの？」

「ありません」

「……」

いつの間にか、会話になっている。まぁ、一方的に話し続けるよりはマシかもしれない。相手の返事に応じて、話せばいいから。一から考えずに済む。

あれ？ 俺って喋るのは苦手じゃなかったっけ？

「周りの皆からは、不良にパシられてる可哀想なヤツって言われてたと……思います。でも、俺はその人にパシられるのが、そんなに嫌じゃなくて」

「……は？ なんで」

「何も考えなくてもいいし。やれって言われる事だけやってればいいし。それが、凄く楽で。もしかしたら俺、その時が、一番……学校で、楽しかったかもしれない」

言いながら、俺は自分で驚いていた。そうか、俺はあの時の事を〝楽しかった〟と思っていたのか。

もしかして、だから……俺は。

「で？」

「あっ、えっと。毎日、パシられてました」

「あ？ それだけかよ」

「はい。十六歳の時は、ほぼ毎日パシられてて」

「……おい。俺はなぁ？　ソイツとは最終的にどうなったかって聞いてんだよ」

どこか苛立たし気に尋ねてくる初代様に、俺は焦った。最終的と言われると、それは大変困った事になる。なにせ、

「最終的……でも、ソレだと十六歳じゃなくて十七歳の頃の話もする事になるんですけど、」

「だぁぁぁっ！　ダッル！　十六っつーのはテメェがいつの話をしたらいいか分かんねぇっつーからテキトーに選んだ年齢であって、コッチは十六でも十七でも十八でも、いつの話しようがどうでもいいんだよっ!?　察し悪すぎだろ、この駄犬がっ！」

「すっ、すみません！」

それまで静かだった初代様が、一気に以前のようになる。もう寝るどころの騒ぎではなくなってしまった。

そうか。なら俺は、その人との〝最終的〟まで話せばいいのか。それなら簡単だ。

「さ、最終的には……」

「ああ」

「十七歳の時。その人が、暴力沙汰を起こして……他の人を、怪我《けが》させてしまったせいで、学校を、退学になりました」

「へぇ……で、テメェは？」

「俺も学校に行くの、やめました」

「は？　なんでだよ？　お前は関係なかったんだろ？」

「はい、俺は関係ないです。えっと、なんでだろ。いつも休み時間、その人の所に行ってて。色々、言われた事をすれば良かったんですけど、それが、急に全部なくなって……俺」

ふと、考える。そして、目の前で眉間に皺を寄せる初代様をジッと見つめた。

「あ？　ンだよ」

「……あ、」

もし今、初代様から急にパーティを外されたら、俺はきっと〝あの時〟と同じ事を思うのだろう。

「おれ……寂しかったんだと思います」

「……」

「ずっと一人だった筈なのに、その人が居る間は……一人じゃなかったから。急に、学校で一人になって。休み時間も、ずっと一人で」

そうか、そうだ。俺は〝寂しかった〟んだ。

だって、さっき俺が言ったんじゃないか。その人と一緒にいた時が一番、学校生活の中で楽しかったって。

「だから、その人の居ない学校に、耐えられなくて、それで、俺は学校行かずに、部屋に引きこもるようになりました」

「……なんだそりゃ。意味分かんね」

自分の事なのに、腹の奥に隠れていた自分の気持ちを初めて知った気がした。そうか。俺は一人が好きだから引きこもっていたワケじゃなくて。一人が寂しくて、引きこもったのか。

目から鱗《うろこ》だ。

「……ホント、つまんねー話だった」

本当につまらなそうな声で、どこか遠くを眺める初代様。ただ、その目は俺にはないハッキリとした強い〝意思〟が宿っている。あぁ、彼は勇者だ。俺を辛い現実から救ってくれていた、格好良い勇者様がここに居る。

そうだ。俺は、初代様のこの格好良い目が好きなんだ。

「初代様」

「あ？」

なんだかストンと腹の中に様々な感情や理屈が落っこちていくのを感じながら、俺は考えなしに初代様を呼んだ。すると、彼の琥珀色の美しい瞳が、俺へと向けられる。

「俺、初代様のお邪魔はしません。褒美も、もちろん要《い》りません。言われた事は、なんでもやります。文句も言いません」

「な、なんだよ。急に」

「なので、初代様の〝最終的〟な所まで、俺も一緒に付いて行かせてください」

「っ！」

俺は地面に手をついて頭を下げた。

あれ、これは土下座じゃないだろうか。こんなに流れるように土下座が出来る自分に、若干感動してしまった。俺には、本当にプライドはないらしい。なんか、もういっそ清々《すがすが》しい。

「初代様との旅も、楽しいです。もしかすると、人生で一番楽しいかもしれません」

「お前……」

髪の毛が地面に付く。あと少しで、額も地面に付きそうだ。ここまで来たんだ、いっそのこと、地面に額を擦《こす》り付けるのも良いかもしれない。

「俺、初代様の事。好きです」

「あっ!?」

額が地面に付いた。

あぁ、ついにやってしまった！　地面に額を擦り付けた土下座。しかし、思ったより全然大した事ない。様々な創作物では、これがとてつもなく屈辱的な行為として描かれるが……なんだ、こんなモンか。

めっちゃ楽勝じゃん！　こんなの！

深夜な事もあり、なんだか妙にテンションが上がってしまうのを感じていると、突然俺の頭が無理やり引っ張り上げられた。気が付くと、目の前には初代様の美しく整った顔がある。あぁ、眩《まぶ》しい。

ついでに、髪の毛が痛い。

「言ったな？」

「はい？」

「テメェ、なんでもやるっつったよな？　男に二言はねぇか」

「あ。はい」

額に付いた砂がサラリと落ちていく。目に入りそうで、俺は一瞬だけ目を細めた。

「じゃあ、俺の最終的な所まで付いて来い。死んでも文句言うなよ」

細めた先で、初代様が口元にうっすらと笑みを浮かべているのが見える。良かった、いつもの初代様だ。

「ぁ」

ジワジワと初代様の言葉が俺の中に染みわたってくる。これは、アレだろうか。これからも付いて行って良いと言って貰えているのだろうか。俺は、初代様とこれからも一緒に居ていい？

「返事」

「はい！」

俺は目の前にある初代様の顔を真正面から見つめながら勢いよく返事をした。いつもより声が大きくて自分でもビックリしてしまった。そしたら初代様も同じように思ったのだろう。「うるせぇ」と吐き捨てるように言われ、次の瞬間には髪の毛が離されていた。

「あー、テメェの話がマジでつまんなすぎて眠くなってきたわ」

「あ、はい。良かったです」

「寝るぞ」

「はい」

初代様の手から空になったカップを受け取りながら、俺はふと初代様を見上げてみた。すると、そこにはほんの少し色付いた勇者様の耳たぶが見えた。

眠くなると、体温が上がると聞いた事がある。どうやら、本当に眠くなってきたらしい。

「ンだよ」

「……いいえ。俺は、これを洗ってから行きます」

「おう」

頷く初代様に俺が一礼すると、俺の額に固いモノが触れた。パタパタと何かを払いのけるような動きをしている。それは、初代様の手だった。

「今日の見張りはお前がやれ」

「はい」

そう言って去って行く初代様の後ろ姿を見ながら、少しだけ俺は達成感を感じてしまっていた。

初代様への不眠討伐クエストは、どうやらクリア出来たらしい。あぁ、俺。話のド下手な陰キャで良かった！

その日、初代様が寝た後、俺はコッソリあの本に記録を書いた。さっきの事が嬉《うれ》しすぎて何かを残したくなったのだ。

「よし、これでいい」

《初代様の目が、かっこよかった。好きだ。》

うん。薄々勘付いてはいたが、俺に文才は皆無だった。

六：初代様には手間どらせない！

勇者には、それに相応《ふさわ》しい武器が存在する。

光の聖剣。エクスカリバー。それは勇者だけが使える最強の武器の一つだ。

「おい、犬。覚悟は出来てるか」

「はい、初代様」

酷く不穏な空気を醸し出す洞窟を前に、俺はいつになくハッキリとした声で返事をした。奥から吹き込んでくる風の低い唸《うな》り声が、ズンと鼓膜を震わせてくる。ここは、ただの洞窟ではない。

「この奥にエクスカリバーがある。モンスターもこれまでとは段違いに強い筈だ。こっからは気を引き締めて付いて来ねぇと、マジで死ぬからな」

「はい！」

そう、俺と初代様はエクスカリバーを手に入れる為に地図にすら載っていないダンジョンへとやって来たのだ。

せっかく初代様に正式に「最後まで付いて来て良い」と許可を貰ったのだ。出来るだけ初代様の役に立てるように頑張らないと！

「行くぞ、犬。エクスカリバーを手に入れる為に」

「はい！　初代様！」

前世、今世含め、俺は人生史上最も〝ヤル気〟に満ちていた。

◇◆◇

元勇者の俺のコマンドは、今や【料理】しか選べない。

「うん、よしよし。良い感じ」

ヤル気に満ち溢れた俺は、ダンジョンの中でせっせと「料理」に励んでいた。戦闘に参加させて貰えない代わりに、俺は初代様の言いつけである「メシと野営の準備をしろ！　行け！」という言葉に力強く頷き、今に至る。

初代様はといえば、一人でダンジョン攻略に向かっていた。

「俺は美味しいごはんで、初代様の闇落ちを防ぐんだ」

それで闇落ちが防げるのかは、一切分からない。けれど、やるしかない。ていうか、もう俺は献立以外何も考えたくないんだ！

「これはこれで楽だ。料理だけしとけばいいし」

そんなワケで、ともかく俺は無心で料理をした。火をおこし、鍋をかけ湯を沸かす。岩の上に食材とまな板を広げナイフで刻む。料理は手際が大事だ。

「えーっと、こっちは触感が分からなくなるまで刻んで……あ、匂いも消さないと」

初代様は大変な偏食家である。でも、アレルギーがあるというワケではなく、食材に対する味覚や触感の感度が非常に鋭敏なのだ。

そして、難儀な事に一体何がどうしてダメなのかは、初代様自身もイマイチよく分かっていない。

いや、大変だった。初代様の表情の変化を観察しながら、何が良くて何がダメなのかを解明していくのは。

『不味い！　こんな泥みたいな味のモン食えるか！』

『触感がキメェもん入れんじゃねぇ！』

『匂いがくせぇ！』

クエストの難易度で言えば、軽くSランクはあったんじゃなかろうか。しかし、最近では初代様に「不味い」と言われ、食事を残される事はほとんどなくなった。

「バグスの肉は塩漬けにして、酒で臭みを取っておけば大丈夫。ソドラの実は食感が分からなくなるまで刻んでスープに入れる。キノコ類は匂いがダメ。だけど、今回は煮込むから……どれを使っても大丈夫そうだな」

ダンジョン攻略中の為、きっと初代様はいつもよりお腹《なか》を空かせているに違いない。だから、いつもより量も多めに作る。

「よし、後はもう少し煮込むだけ」

満足の出来だ。きっと初代様も無言で食べきってくれるだろう。

「ふへへ」

決して美味しいとは言って貰えないが、初代様が全部食べきったら俺の勝ち。「おかわり」と言わせたら圧勝という設定にしている。

初代様の料理も、なんだかサブクエストみたいで地味に楽しかった。料理は好きだ。一人で黙々とやれるから。

「……あ」

そこで、ハタと思い至る。

初代様にとっての〝戦闘〟も、俺の〝料理〟と同じなのかもしれない。一人で黙々とやるのが好きだからこそ、誰にも手を出されたくない。俺だって、料理をしているのを隣からやいのやいのと口出しされたら嫌だ。

「……戦闘は初代様に任せよう」

本当は一緒に戦闘に参加して少しでも役に立ちたかったけれど、それは俺の気持ちだ。初代様の事を思っているようで、実は自分の事しか考えていなかった。

「よし、完成」

考え事をしていたせいで、いつの間にか料理はちょうど良い煮込み具合になっていた。香ばしい匂いが辺りに立ち込める。そろそろ初代様も戻って来る頃だろう。

「おい、戻ったぞ。メシの準備は出来てるか」

「はい！」

予想通りのタイミングで戻って来た初代様に、俺は勢いよく振り返る。そこにはモンスターの返り血をこれでもかと浴びた初代様が悠然と立っていた。放たれる強者オーラといい、鎧《よろい》や顔に付着する奇妙な色の返り血といい、なかなかに禍々しい姿だ。でも――。

「……やっぱり」

「どうした？」

でも、俺はそんな初代様の姿に、先程までの自分の考えが正しい事を理解した。

「いえ、初代様、洗濯しますので鎧だけでも脱いでください。お疲れ様です」

「おう！」

元気よく頷く初代様の顔は、そりゃあもうスッキリとした笑顔だった。

◇◆◇

ちなみに、今回の脳内料理バトルは俺の「圧勝」だった。

「おい、犬」

「っは、はい！　なんでしょう！」

なにせ、初代様は四杯目のおかわりを食べている最中なのだ。まさか、こんなに食べて貰えるとは思ってもみなかった。

これは快挙だ。ひゃっほう。すぐに、あの本に記録しなければ！

「っあ！　もしかして、食事が足りませんか？」

「は？」

「ちょっと、待ってくださいね！　今すぐパンを出しますので」

「おい」

俺は膝の上にあった本を脇に置くと、食材袋へと手を伸ばした。パンなら昨日のうちにたくさん焼いておいたので、まだまだいっぱいある。

「犬！」

「っは、はい！」

　すると次の瞬間。初代様からのハッキリとした呼びかけに、俺は動きをピタリと止めた。振り返ると、そこには呆《あき》れたような顔で此方を見ている初代様の姿がある。

「おい、誰がパンのおかわりなんて言った？　一人で先走るな」

「出過ぎた真似《まね》をしました！」

　俺は食材袋に伸ばしかけていた手を勢いよく引っ込めた。いけないいけない。初代様が四杯もおかわりしてくれたのが嬉しすぎて、つい先走ってしまった。

　これだから対人スキル皆無の陰キャはいけない。すぐ相手との距離感を間違ってしまう。恥ずかしい。

「……すみませんでした」

　俺は俯きながら謝ると、脇に置いた本を再び膝の上で開いた。恥ずかしくて顔が上げられない。ひとまず、初代様が食事をしている間は大人しく記録でも取っていた方が良いだろう。

「おい、ソレ」

「は、はい」

　初代様のぶっきらぼうな声に、俺は俯いていた顔をソロソロと上げる。すると、初代様の視線が俺の手元にある本に向けられている気がした。

　〝ソレ〟とは、この本の事だろうか。いや、そうとは限らない。先走るな、俺。

「はい、どれでしょうか」

　初代様からの問いかけに、俺は念のため確認をする。もう勝手に判断して先走ったりしない。ちゃんと確認してから動くんだ。

「だから、ソレだよ。ソレ」

「えっと、ソレとは……？」

「だぁぁぁっ、クソッ！　お前マジで面倒臭ぇな!?　ソレだよ！　テメェの持ってる、その古臭ぇ本！」

突然キレ出した初代様に、俺はビクリと体を揺らした。

あれ？　あれれ？　一体、俺はいま、何がダメだったのだろう？　勝手に先走ってはいけないと、きちんと確認したのに。分からない。でも、ひとまず謝らなければ。土下座もした方がいいかな？　よし、土下座をしよう！

「あ、あの、初代様！　も、も、申し訳っ」

しかし、慌てすぎて膝の上に置いていた本の存在をすっかり忘れていた。土下座しようと膝を折った拍子に、本がバサリと地面に落ちる。同時に、洞窟を吹き抜ける風のせいで、パラパラと中のページが捲れていった。

「おい、少しは落ち着け」

「あっ、すみま……」

土下座の為に下に向けていた頭を上げた時。気付けば、食事中だった初代様がわざわざ俺の落とした本の所まで来て拾い上げてくれていた。そして、当たり前のようにパラパラとページを捲っていく。

「あ、あの。初代様？」

「……やっぱ読めねぇ」

「へ？」

本の中身を捲りながらボソリと呟かれた言葉に、俺は思わず膝と両手を地面につけた体勢のまま尋ねていた。

「初代様。もしかして、中身が気になるんですか？」

勝手に判断して先走ってはいけない。そう思って確認の為に口にした言葉だった。しかし、どうやら今度はソレがいけなかったらしい。次の瞬間初代様の顔が今まで見た事もないような色に染まった。

「はぁっ!?　別に気になってねぇし！　犬の分際で自惚《うぬぼ》れた事言ってんじゃねぇよ！」

「っは、すみっ、すみませんでした！」

そう言って怒鳴る初代様の顔は、驚くほど赤かった。これは久々のプッツンがキてしまったらしい。

こんなに顔が真っ赤になる程初代様を怒らせるなんて！

理由はまったく分からない。ただ、土下座をする直前の体勢で止まっていたので、俺はそのまま岩に額を擦り付けて土下座した。

「あの！　余計なことを、い、言ってしまい、申し訳、ございませんでしたっ！」

「うるせぇっ、黙れ！　皿洗っとけよ！　この駄犬が！　このバーカ！」

初代様は俺に小学生男子のような罵声を浴びせると、そのままどこかへ行ってしまった。しばらくして、ゆっくりと頭を上げる。すると、そこには空になった初代様の皿だけが残されていた。

「え？　俺の本は……？」

キョロキョロと辺りを見渡してみるが、どこにも見当たらない。

どうやら初代様が持って行ってしまったらしい。

え、困る。だって、アレがないと俺は元の時代に戻れないのに。

しかし、そんな時でも俺にとっては、初代様の言いつけが最優先だ。困惑しながらも、俺は初代様の皿と鎧をせっせと洗った。いつしか無心で鎧の血を落としていたら、いつの間にか初代様が戻ってきていた。

「初代様……あの、ソレ」

「読める字で書けや、このクソ」

初代様の手には、俺の本が当たり前のように握られており、挙句の果てには罵声と共に投げ返された。

「もう俺は寝る。見張りはテメェがやれ」

「あ、はい」

「明日はボスとの戦闘だ、気ぃ抜くんじゃねぇぞ」

「はい」

何事もなかったかのように、俺の準備した寝床に潜る初代様の姿に、俺は返ってきた本をパラパラと捲った。

「あ」

すると、本の中には、薄く初代様の手に付いていた返り血らしきものが至る所にあった。俺の事なんか気にならないと言っていたのに、初代様の考える事はよく分からない。

初代様の事が分かったと思ったら、途端に一切分からなくなった。これだから陰キャのコミュ障はいけない。

「人間関係って、難しいな」

ゲームの世界は、いつも俺に大切な事を教えてくれる。

◇◆◇

どうやら、俺は初代様の力を見誤っていたらしい。

「っしゃぁぁぁぁ！」

初代様の歓喜に満ちた咆哮《ほうこう》が俺の耳をつんざいた。

「す、凄い……」

いやいやいやいや、凄いなんてもんじゃない！

「まさか、あのヒュドラをノーダメージで。しかも……」

歴代【レジェンド】シリーズでも最強のダンジョンボスと謳《うた》われる「ヒュドラ」。九つの頭を持つ多頭竜で、皮膚も固く通常の剣での攻撃は絶対に通らない。それに輪をかけてヒュドラを「最強」にまでのし上げているのが、一つ頭を切り落としてもすぐに再生してしまう、強靭《きょうじん》な再生能力だ。

故に、ヒュドラを倒す方法はただ一つ。九つの頭を〝同時〟に切り落とす事。なのに、それを初代様は――。

「たった一人で倒すなんて……」

「っはははは！　あぁぁっ！　マジで久々に本気を出せたっ！　強《つえ》ぇぇっ！」

強敵との戦闘が余程楽しかったのだろう。初代様は、巨大なヒュドラの死体の傍らで、これまで見た事のないような満面の笑みを浮かべていた。年相応の、無邪気で可愛い笑顔だ。隣にヒュドラの死体さえなければ、だが。

いやいやいやいやいやいや、強いのはヒュドラではなく初代様だ！　だって、なんだよ。コレ。どんな縛りプレイだよ。仲間も居ない。たった一人で、一切の攻撃を受けずにダンジョンボスを倒すなんて。

「楽しかったぁっ！　またやりてぇっ！」

「……すごい」

格が違う。もう、それしか言えなかった。強い敵を見るとワクワクすっぞ！　なテンションの初代様は、だれがどう見ても不動の〝初代勇者様〟だった。

「あ、そういや。エクスカリバーはどこだ？」

興奮冷めやらぬ初代様の声で、俺も我に返った。そうだ。そもそもここにはエクスカリバーを手に入れる為にやって来たんだ。ヒュドラを一人かつノーダメージで倒す縛りプレイの実況動画を見に来たワケじゃない。

「あぁ？　まさか、コイツの腹ん中にあるとかじゃねぇよな」

「え」

初代様はボソリと呟くと、固いヒュドラのハラワタを容赦なく搔《か》っ捌《さば》き始めた。鬼だ。ビシャビシャと容赦なく緑の返り血を浴びながらも、楽しそうにヒュドラに剣を突き刺す初代様の姿は、まるで泥遊びに夢中になる子供のようだった。

あぁ、あの服をまた洗濯するのか。汚れが落ちてくれるといいが。

「おい、犬！　テメェもボーっとしてねぇでエクスカリバーを探せ！」

「はい！」

初代様からの命令に、俺は弾かれたように動き出した。キョロキョロと周囲を見渡す。だいたいこういうダンジョンボスの報酬アイテムは、ボスの裏側にあるのが定石だ。

「あった」

俺がヒュドラの巨大な体の裏手に駆けていくと、そこには予想通り荘厳なオーラを放ちながら地面に突き立てられた一本の剣があった。

「ホ、ホンモノだぁっ！」

俺は目の前に現れた伝説の剣を前に、思わず歓声を上げた。感動で視界がうるむ。ヤバイ。嬉しい。最新作では、この剣を初代様によって牛耳られていたせいで、勇者の俺は入手できなかった。しかも、コレで脇腹をグサリとやられた。でもいい。長年の憧れは、俺にとってトラウマよりも圧倒的に強い感情だった。

「初代様――、エクスカリバーがありました――！」

「おう、でかしたぞ！　犬」

ヒュドラの死体と遊んでいた初代様からお褒めの言葉を得た。エクスカリバーも見られたし、初代様からも褒めて貰えたし、なんだか最高の気分だ。

「よいしょっ、と」

俺は地面に突き刺さったエクスカリバーを抜くと、キラリと光る刀身に目を奪われた。

「かっこいい！」

勇者に憧れる男の子なら、誰しも一度は手にしたいと望む剣。その中でも最高峰の剣が、今、俺の手の中にあるのだ。

「……おい、犬」

「あっ、初代様！」

後ろから聞こえた初代様の声に、俺は勢いよく振り返る。すると、そこにはどこか驚いた表情で此方を見つめる初代様の姿があった。

「どうぞ、初代様。エクスカリバーです！」

「あ、あぁ。てか、お前……」

「はい！」

初代様にエクスカリバーを手渡す。しかし、初代様の視線は剣ではなく、俺にばかり注がれ続けている。あれ、一体どうしたんだろう。

「これ、お前が抜いたのか？」

「はい、そこに刺さっていました！」

「普通に抜けたのか？」

「少し固かったです！」

「いや、そういう事じゃなくて。……いや、まぁいいか」

どこか腑《ふ》に落ちない表情を浮かべる初代様だったが、俺はと言えば初代様の手に渡ったエクスカリバーに心を奪われたままで目を離せなかった。かっこいい！

「しょ、初代様。あ、あの！」

「あ？」

俺はあまりの興奮に、いつもなら絶対に言わない事を口にしていた。

「エクスカリバーで、初代様が技を出している所が見たいです！」

怒られるかもしれない。この剣はオモチャじゃないんだぞ、と窘《たしな》められるかも。でも、止められなかった。格好良いエクスカリバーを、強くて格好良い初代様が使っている所を俺は、どうしても見たかった。

「……」

「だ、ダメでしょうか」

俺を見て黙りこくる初代様に、口にしたことへの後悔が微かに過《よぎ》る。しかし、それは一瞬にして消え去った。

「いいぜ！」

「っ！」

「ちょうどヒュドラの死体があっから、ソレ使って技を出してやる！　よぉく見とけよ！」

「あ、ありがとうございます！」

気付けば、初代様の表情はヒュドラと戦っている時の、そりゃあもう楽し気な満面の笑みに彩られていた。その顔に、俺もつられてどんどん楽しくなる。

「やった――！」

「よし、犬！　付いて来い！」

「はい！」

駆け出す初代様の後を付いて、俺も走る。初代様の背中が見える。足取りが軽い。

楽しい楽しい楽しい！　やった事はないけど、まるで〝友達〟と一緒にゲームをしてるみたいだ。

「よーし、見てろよー！　烈衝刃武《れっしょうじんぶ》！」

「わー――!!」

その日、俺は初代様の戦闘フィールドに、初めてきちんと入れて貰えた。たまに「お前はソッチから技を出してこい！」なんて言って貰えて、死体相手だけどパーティを組んでるみたいに、二人で戦闘ごっこをして楽しんだ。

「犬、お前ちったぁやるじゃねぇか！」

「はい！」

死体に向かって何度も何度もエクスカリバーを突き立てる初代様を間近に見ながら、俺は思った。

「かっこいい！」

そう、初代様は凄く強くて格好良かった！

しかし、ひとしきりヒュドラの死体で遊び終えた俺は我に返った。

「うわぁ」

俺も初代様も、体中ヒュドラの返り血で凄《すさ》まじく汚れ返ってしまっていたのだ。

「……汚れ、落ちるかな」

綿の服に付いたヒュドラの血は、どんなに頑張って洗濯しても一切落ちなかった。ああ、やってしまった。

《初代様と一緒にエクスカリバーでヒュドラに技をかけた。楽しかった！》

でも、まぁ楽しかったからいいか。

七：初代様には、野望がある！

　エクスカリバーを入手してから、少しずつだが初代様から命令される事の種類が増えた。

「おいっ、犬！　あの岩肌から、セレーヌの花を取ってこい！　今すぐにだ！」

「はい！」

「おい、犬！　ここのモンスター一掃して、バグスの肉を集めとけ！」

「はい！」

「おい、犬！　ちょっと聖王都に戻ってアイテム買ってこい！　一晩だけここで待っててやる。間に合わなかったら置いて行く！」

「はい！」

「おい、犬！　メシ！」

「はい！」

　犬！　犬！　犬！　犬！　犬！

　はい！　はい！　はい！　はい！　はい！

　最早、それは高速餅つきをしているようなテンポの良さだった。正直、初代様の振ってくる雑多なクエストの数々は、そこそこ難易度が高かった。でも、俺は必死に食らいついた。

　崖の下のセレーヌの花はSランクの貴重なアイテムだ。もちろん取ってくるのは至難の業。一歩間違えば、俺は崖底に真っ逆さまに落ちて死んでいただろう。

一掃しろと言われたダンジョンには数百体を超えるモンスターが居た。久々の戦闘で、周囲をモンスターに囲まれた時は死を覚悟した。ただ〝ヒール〟が使えたお陰で、どうにか助かった。

聖王都へは馬車で半日もかかるのに、一晩で帰ってこいとは最早鬼畜以外の何者でもない。でも、パシリは俺の十八番《オハコ》だ。休む事なく走ったら、どうにか間に合った。多分俺は、某メロスより走ったと思う。

「お前、やるじゃねぇか」

「はぁっ、はぁっ……はいっ」

無理難題を出してくる初代様に、俺はただ、粛々とその命令をこなした。頭を空っぽにして、言われた事だけに邁進《まいしん》する日々はなかなか充実していた。

それに、ちょっとだけ嬉しいのが、こうして褒めて貰えるようになった事だ。

「あー、やっぱテメェの作るメシが一番うめぇわ」

「はい。ありがとうございます」

「こないだの宿屋の飯。ありゃ酷かったな」

「ふふ、そうですね」

先日、たまたま泊まった宿屋で初代様の食べられないモノばかりが食事に出された。まぁ、どちらかと言えば一般的な食事内容だったので、それをまったく食べられない初代様の偏食の方が問題アリなのだが、それは言わない。言うワケがない。

「おかわり」

「はい」

初代様との二人旅にも、やっと慣れてきた。初代様とは目を見て話せるし、喋ってもドモらなくなった。

しかもそれは俺だけではない。

「今日の見張りはオメェだからな」

「はい」

初代様も、俺に慣れてきているようだ。あの晩から、まだ寝付きが悪い事もあるようだが、初代様は概《おおむ》ね夜に眠れるようになっていた。

たまに眠れない時は、あの時のように「つまらない話をしろ」と言われる事もある。

「おい、犬。お前は昔から変わんねーのな」

「はい、生まれた時から陰キャで」

「インキャってなんだ」

「俺みたいなヤツの事です」

「あぁ、よぉく分かった」

あぁ、楽だ。楽で、楽しい。そういえば、ラクって、楽しいって書くよな。ほんと、漢字ってよく出来てる。

うん、俺は初代様との旅を、元の時代の皆と旅していた時より、楽しく感じてしまっていた。俺は初代様の為に、もっともっと〝何か〟したかった。

◇◆◇

その日、少し早めに宿を取った俺と初代様は、いつもよりのんびりとした時間を過ごしていた。ただ、何もする事がないのは俺にとっては逆に落ち着かない。俺は、初代様の役に立ちたいのだ。

コンコン。

初代様の部屋の戸を叩く。誰だ、という短い問いかけに俺は慌てて「犬です！」と答えた。既に俺の名前は、前世の「飯沼結」でも、「最新作の勇者」でもない。きっと今「結」とか「勇者」なんて呼ばれてもとっさに反応できないだろう。俺は今や「初代様の犬」だ。

「おう、どうした。犬」

すぐに開かれた戸に、俺は勢いこんで尋ねた。

「初代様、何かする事はありませんか？」

俺は気が利かない陰キャなので、勝手な事は出来ない。きっと的外れな事をして初代様を怒らせてしまう。だからこそ、こうして指示を貰いにきたワケだ。すると、ジッと此方を見下ろしていた初代様が「いや、」と、小さく首を振った。

「今は何もねぇ。お前も少しは休め」

「あ、でも。エクスカリバーの研摩石が少なくなっていたんじゃないですか？　取ってきましょうか？」

「いや、まだあるし。急ぎでもねぇだろうが」

「……そうですか」

「何ガッカリしてんだよ、テメェは」

他にやる事が思いつかず、俺はジッと此方を見つめる初代様の視線から逃れるように俯いた。ヤバイ。「休め」と言われたのに余計な事を言ってしまった。俺は「はい」以外答えたらいけないのに。

俺が叱《しか》られると思ってそのまま初代様の言葉を待っていると、予想外の言葉が俺の耳に入り込んできた。

「よし、今日は特別だ。俺がお前の願いを聞いてやるよ」

「っへ!?」

「たまには犬にもご褒美をやらねぇとな。望みを言え」

あまりの事に勢いよく顔を上げて見れば、そこにはいつも通り不敵な笑みを浮かべた初代様が居た。

え？　今、初代様はなんと言った？　ご褒美？　望みを言え？

「っ！　え、あ、いや…お、俺はっ。な、な、なっ何も！」

「あ？」

最近では初代様ともスムーズに話せるようになっていたのに、途端に出会った頃のような陰キャの口調に戻ってしまった。

「しょ、しょだい様、あの、それ、でしたら。いつも通り、め、命令を、してください！」

「あ？」

俺が決死の思いで「望み」を口にすると、初代様の表情がみるみるうちに不機嫌一色に染まっていった。あ、ヤバイ。初代様がキレてる。

「お前。一体なんなんだ？　もしかして、マジで何か望みを言ったら俺がキレるとか思ってんのか？　だとしたら、舐《な》めんのも大概にしろって話だ」

「ちっ、ちが！　違いますっ！」

「じゃあ何だ。言え」

憮然《ぶぜん》とした口調で尋ねられて、俺はどう言ったものかと思案した。

「あの…意味がわからない事を言ってしまう、かも」

「は？　今更かよ。別にテメェのクソつまんねぇ話を聞くのも初めてってワケじゃねぇ」

「で、でも……」

「でもじゃねぇよ。それに、勘違いすんな。俺は〝言え〟とは言ったが、〝上手く〟言えとは一言も言ってない」

「っ！」

初代様のいつもの偉そうな言葉を聞いた瞬間、俺はなんとも言えない感情に襲われた。なんだろう。体が熱い。こんな事を言って貰えたのは、生まれて初めてだ。鼻の奥がツンとする。そんな俺に初代様は「分かったら早く言え」と、せっついてきた。

「あ、あの。その……前もお話しした通り……俺は昔から、何かを決めたり考えたりするのが……だ、大嫌いで。な、なんでかっていうと……とにかく考えるのが面倒で」

チラと初代様を見てみれば、腕を組んで戸枠に体を預けていた。頷いたり、表情を変えたりしない。いつもの初代様だ。そう思うと、なんか気楽だ。徐々に苦しかった呼吸が落ち着いてきた気がする。

「俺、言われた事は出来ます。ちゃんと、やるんです。でも、それなのに……言われた事だけしかやらないと、気が利かないって凄く怒られたりして」

ここまで口にしながら、俺はぼんやりと昔の事を思い出していた。「飯沼結」の時も、「勇者」の時も。みんなして俺に「何か」を求めていた。でもその「何か」が、俺には分からない。

でも、それって当たり前じゃないか？　言われなきゃ他人の考えてる事なんか分かりっこないだろ。いつの間にか、視界には傷みきった俺の靴が映っていた。あぁ、汚い。ボロボロだ。

「……そうだよ、分かるワケねーじゃん。他人が何考えてるかなんて」

この辺りから、俺は妙に腹が立って仕方がなかった。コンコンと無意識に靴を床に打ち付けてしまう。あぁ、イライラする。

「気が利かないってなんだよ。なんで、俺が分かりもしない他人の事を考えて先回りで行動しなきゃならないんだ。言ってくれればやるよ」

そのせいで、その時の俺は、初代様に求められて話しているのだという事を、すっかり忘れていた。

「それなのに、なんだよ。『なんで飯沼君は言われなきゃ分からないの？』とかワケわかんないだろ。むしろ、なんで言わないで伝わると思ってんだよ。クソ」

「……へぇ、お前もそんなナリで色々と周りにムカついてたワケか」

「っぅあ」

初代様の声に、俺は勢いよく顔を上げた。そこには、面白がるような表情で此方を見下ろす初代様の姿があった。声もどこか弾んでいる。

初代様が、楽しそう。そう思った瞬間、俺の中にあった謎の怒りが一気に霧散していった。

「まぁ、分かった。テメェにとっては、他人の顔色を窺《うかが》って、自分で何かを決定すんのが死ぬ程ダリィって事だな」

「あ、えっと」

「どうなんだ？」

「……はい」

その通りだ。またしても初代様は、俺の拙い説明で全てを理解してくれた。いつの間にか、初代様は戸枠にもたれていた体を起こし、しっかりと俺の方へ向き直っていた。

「つまり、テメェは俺に自分の面倒事を丸投げしてたって事か」

「っ！　あ、あっ、ちがっ」

違う！　と言おうとして言葉が詰まった。

違わない。初代様の言う通りだ。俺は自分の面倒事を初代様に押し付けていたんだ。なんて事だ。陰キャなだけじゃなく、俺は性格も悪い。そう、俺が何も言えずに俯きかけていると、特に怒った風でもなく初代様が言った。

「っは。おい犬。テメェは勘違いしてそうだから、わざわざ言ってやるけどよ」

そこで、珍しく初代様の言葉が止まった。同時に、戦闘でボロボロに傷ついた手を口元に添え、視線を泳がせる。どうやら言葉を選んでいるようだ。そして二、三度軽く頷くと、ハッキリ言った。

「お前の面倒は、俺にとっては面倒じゃねぇ。むしろ、選択と決断は俺にとって譲れねぇモンだ。つまり、何が言いたいのかというと」

「……」

初代様の言葉に、俺はゴクリと息を呑《の》んだ。そっか、選択と決断は初代様には譲れないモノなんだ。あぁ、そんなの分かっていた筈なのに、なんか凄い。なんだ、コレ。俺は体が芯から熱くなるのを感じながら、目の前の初代様をジッと見つめた。

「お前と俺は、相性が良……利害関係が一致してるってこった！　俺は勝手な事されんのが一番嫌いだからな」

「初代様！　あの、俺、俺っ」

「あ？　なんだ？」

眉間に皺を寄せ、少しだけ耳を朱に染める初代様に、俺はもう釘付《くぎづ》けだった。格好良い。ずっと格好良いと思っていたけど、この人は本当に……。

「……そんな事。誰も言ってくれなかったのに」

「あ、なんだって？　ハッキリ言え……っておい⁉　お前なんなんだ！　なんでこのタイミングで土下座してんだよ⁉」

戸惑う初代様の声が頭上から降ってくる。初代様の言う通り、俺は宿屋の廊下に頭を擦り付けて土下座していた。体が熱い。嬉しい。凄い。初代様、かっこいい。

「俺、初代様が好きです」

「っはぁ⁉　キメェ事言ってんじゃねぇよ！」

初代様の焦り切った不愉快そうな声が聞こえる。そうだ、確かに。俺は何を言ってるんだ。こんな陰キャのオタク男に好きだなんて言われて、初代様も気持ち悪いだろう。早く謝らないと。パーティから追い出されるかもしれない。

「すみません！　もう、二度と言いません！」

更にピタリと床に頭を擦り付ける。

「っいや……言うな、は言い過ぎた。撤回する。キメェ事も多少は許してやる」

「ありがとうございます！」

良かった。とりあえず追い出されずに済んだ。

そう、俺が土下座をしながらホッと胸を撫で下ろしていると、いつの間にか俺の腕が凄い勢いで持ち上げられていた。

「おい、いつまで土下座してんだ。誰か来たらどうすんだ」

「すみません」

そういえば、ここは宿屋の廊下だ。たまたま周囲には誰も居なかったから良かったが、他の客に見られでもしたら初代様の「勇者」としての沽券《こけん》に関わる。変な噂《うわさ》など立ってしまったら大事《おおごと》だ。

「一つ、お前に命令してやるよ」

「あ、はい！」

俺は待ちに待った初代様からの「命令」に背筋を伸ばした。なんだろうか。もしかすると、氷結マナをダンジョンから取ってこいと言われるのかもしれない。だって、初代様の顔は凄く真っ赤で、額に汗をかいている。言われてみれば、今日は少し暑いかもしれない。寝る時用の氷結マナが必要だろう。

そう、俺がすぐに駆け出せるように体勢を整えた時だ。

「靴を買ってこい」

「へ？」

「勘違いすんなよ。俺の靴じゃねぇからな。テメェの靴だ」

「……俺の？」

とっさに自分の靴を見下ろすと、そこには変わらずボロボロの俺の靴があった。

「この街の防具屋で、最低でも10G以上の靴を買ってこい。いいな」

「え？　じゅ、10G!?　えっ？　く、靴ですよね!?　剣でも鎧でもなくてっ」

「おい、返事はどう教えた」

「っは、はい！」

「じゃあ行け」

初代様の声に弾かれるように、俺はその場から駆け出した。え、なんだ？　このお使い。っていうか10Gって――。

「……大金なんだけど!?」

俺は戸惑いながらも、初代様の命令に従い駆け出した。10Gといえば、一流の剣や鎧を余裕で買える金額だ。それを靴だけに使うなんて、元の世界で〝勇者〟をしている時すら考えられなかった事である。もったいないという思いが脳裏を過る。でも、すぐにその考えは打ち消した。

「……初代様の言った事は、全部やるんだ」

その日、初代様は俺の買ってきた靴を見て特に何も言わなかった。でも、その顔はどこか機嫌が良かった。

《初代様に高い靴を買って貰った。汚さないようにしなければ》

◇◆◇

と、そんなある日の事だ。

俺と初代様の二人パーティに、とんでもないメンバーが加わった。

「勇者様。助けてくださって、本当にありがとうございます」

「いえ。姫が無事で、本当に良かった」

「……」

「あの、勇者様。そちらの方は……？」

「あー、彼は……」

俺の〝ツレ〟です。

ただ、どんなに慣れても、初代様は未だに俺の事を〝仲間〟とは呼ばなかった。

◇◆◇

えらいこっちゃ！　えらいこっちゃ！

二人だったパーティに、一軍女子が加わってしまったのだ。

「勇者様。私、本当に怖くて」

「もう大丈夫ですよ。ドラゴンは俺が倒しました」

「でもっ……私、無事に国に帰れるのかしら」

「必ず、俺が無事に貴女《あなた》を城まで送り届けます。安心してください」

目の前で繰り広げられる顔面強度マックスな二人の会話に、圧倒されっぱなしだった。

初代様がドラゴンから助けた彼女は、この国のお姫様だった。初代様が、魔王を倒した暁に娶《めと》ってヤりまくってやると豪語していた相手である。

「良かった……私。私、ドラゴンに攫《さら》われてから……ずっと不安で」

「きっと魔王の差し金でしょう。大丈夫、姫を送り届けたら、俺が魔王を倒します。既に、魔王を倒す準備は整っているのです」

「まぁ、その腰に差してあるのが、まさか」

「光の聖剣。エクスカリバーです」

「良かった……！　この国は、救われるのですね」

「ええ、もう少しの辛抱ですよ」

「はい！」

初代様に優しく微笑《ほほえ》まれ、お姫様はその可愛らしい顔を真っ赤に染め上げた。可愛い。可愛すぎる。でも、見るのは遠くからでいい。一軍女子は、俺にとって一番苦手な種類の人種だ。

「勇者様……素敵なお方」

「俺も、こんなに美しい人に会ったのは初めてです」

画面が強い！　濃ゆい！　圧倒される！　息が出来ない！

そして、この二人こそが、歴代【レジェンド・オブ・ソードクエスト】の全ての始まりだ。レジェンドシリーズの主人公達は、最新作の俺を含め、皆この二人の子孫であり、勇者の血筋は脈々と後世に受け継がれてきたのである。

「姫、宿に向かいましょう。今日はゆっくり休んでください」

「はい」

この日から、俺達二人だけだった旅路に〝お姫様〟が一時加入した。そして、地獄は始まったのである。

◇◆◇

「姫？　もう歩けませんか？」

「すみません。歩き慣れていなくて。馬車は、」

「ここは馬車が通りません。歩くしか術《すべ》がないので……」

「そうですか。では、今日はもう宿で休みませんか」

「……そうですね」

このやりとりも何度目になるだろう。おかげで、一向に聖王都に到着しない。

こないだの俺なんて、もっと遠い距離を一晩で駆け抜けたというのに、かれこれ一週間かけても、王都には到着しない。する気配もない。

旅なんてしたことのない姫を連れているのだ。仕方ないと言えば仕方がない。しかし、その遅々として進まない旅路に、初代様は表には出さないが苛立っているようだった。

まぁ、遅いだけならまだいい。

初代様にとって、姫が居る事による最も大きな弊害が他にもあった。それが、食事の時間である。

「勇者様、好き嫌いをしてはなりませんよ？　魔王を倒すのであれば、しっかり食べてください」

「はは、」

姫が、異様に初代様の〝要らぬ〟世話を焼く事だ。

特に食事。偏食家な初代様にとって、一般的な宿屋で出される食事は、ほぼ食べられない。なので、これまでの俺達の旅は、野宿が多かった。それで不便はなかったし、自由も利く。食事も初代様の好きなモノを作れる。

しかし、姫が居る状態で野宿なんて出来よう筈もない。

「さぁ、お口を開けてください」

「……アハハ」

あぁぁぁぁ！　初代様が笑っているのに、笑ってない。内心ブチ切れている！

お姫様は、完全に初代様に惚れていた。それに、将来夫になる人物である事を、なんとなく見越しているのだろう。

ともかく、ともかく世話を焼く。お姫様は、今や完全に勘違いした押しかけ女房と化していた。

「あ、あ、あの！　初代様！　旅の事でお話があります！　外に」

「今は食事中ですよ。それに、貴方のような下位の者が、気安く勇者様に話しかけてはなりません。弁《わきま》えなさい」

「……はい」

少しでも助け舟をと、俺も色々試みたのだ。けれど、駄目だった。姫は、根っからのお姫様だったのである。最初に初代様が俺を〝ツレ〟と紹介してから、俺は完全にお姫様から下に見られている。

これだから一軍女子は怖い。

初代様もストレスフルなのだろうが、俺だって同じだった。慣れない一軍女子との旅は、もう全然楽しくない。二人だった時が、どれほど気楽だったのか思い知らされた。

一人増えただけでコレとは。人間関係は、だから侮れない。

「……はぁ」

早く、城に帰ってくれないかなぁ。お姫様。

◇◆◇

結局、初代様は無理やり食事を摂《と》り、お姫様の居ない所で〝吐く〟というのを毎晩繰り返していた。なので、俺は夜中に隠れて食事を作り、初代様の部屋に持って行く。それが、俺の最近の日課となっていた。

「……きちぃ」

俺の作ったスープを片手にベッドの上で項垂《うなだ》れる初代様に、俺は同情するしかなかった。

「早く、アイツを城に連れて行かねぇと」

「そうですね。俺も……」

そこまで言いかけて、俺がお姫様の悪口を言うのは〝弁えていない〟と口をつぐんだ。姫がパーティに入って、何度「身分を弁えなさい」と言われた事か。元を辿ると俺は貴女の子孫なのに、とモヤモヤする気持ちがないとは言い切れない。

ただ、俺は強い者には逆らわないと決めている。だから、お姫様にも絶対服従。文句は言えない。

「俺も、なんだよ」

「いえ、なんでもありません」

「言えよ」

「でも、弁えないと……」

そう、俺が視線を落とした時だった。

「お前が弁えねぇといけない相手は誰だ。アイツか、俺か」

「初代様です」

「即答できんなら、さっさと言え。返事」

「はい、俺もお姫様が居るのは……ちょっとその」

「言えって」

「嫌です」

「だよな。きちぃ。面倒臭ぇ」

初代様から差し出された食器を受け取る。中身は空だ。初代様は、俺の作ったモノは残さない。空の容器を見て、俺は毎晩刺客に襲われながらも野宿をしていた頃を、酷く懐かしく思ってしまった。

「初代様と二人が良かった」

「……キメェ事言ってんじゃねぇよ」

とっさに漏れた本音に、初代様の嫌そうな声が、少しの間の後に続く。確かにこれは初代様からすればキモかったかもしれない。

「すみません」

「まぁ、でも」

「はい」

「……今よりは、あん時の方が良かったかもな」

初代様の言葉に俺は顔を上げた。すると、そこには頭を抱える初代様が居た。相当参っている。ただ、髪の隙間から覗く耳は、少し赤い。

完全に、コレは参ってる。早くあのお姫様を城まで送り届けないと、初代様が闇落ちするかもしれない。ていうか、待てよ。

「初代様。お姫様と結婚したいって言ってなかったですか」

「……まぁ、王になるにはソレしかねぇからな」

初代様の苦し気な表情に、俺はたまらない気持ちになった。「結婚は墓場だ」と前の人生で聞いた事がある。生きながらにして墓場に入るような事って、絶対に必要なのだろうか。

「あの、絶対に王様にならないとダメですか？」

「ダメだな。俺はテメェと違ってなんでも自分の思い通りにしてぇんだよ。自分の事も、そして他人の事も。生まれてこの方、勇者だなんだっつって色々我慢してきたんだ。国一つじゃ足りねぇくらいだ」

吐き捨てるように口にする初代様の姿に、俺は脳裏に過った考えを見過ごす事は出来なかった。もしかして、初代様の闇落ちの原因ってあのお姫様との結婚生活なのでは……？

「あのお姫様で大丈夫なんですか？　結婚生活は」

「なんでテメェが俺の結婚生活を心配してんだよ」

「あ、いや……その」

「そんなに俺がアイツと結婚すんのが嫌なのか？　あ？」

「嫌というか……」

闇落ちして、魔王になられると非常に困るので。なんて言えるワケもなく、俺は深く俯く事しか出来なかった。

「答えろ。嫌なんだろ？　なぁ、おい」

「はい、イヤです」

どこか嬉しそうな声で追撃してくる初代様に、反射的に頷いてしまった。

いや、しかし。初代様には姫と結婚して、多くの子供を作って貰わなければならない。そうしないと、〝俺〟が生まれなくなってしまうのだから。

「ま、お前がどんだけ嫌がろうが、俺には関係ねぇけどな」

「はい」

良かった。よもや、わざわざ時代を遡《さかのぼ》って自分の存在を消滅させるところだった。

「弁えない事を言いました。すみません」

「まぁ、特別に許してやるよ」

初代様は満足そうに笑っている。いやに機嫌が良い。それでも、俺の心配は消えない。

「……でも性格の不一致ってキツくないですか？　初代様、意外と気とか遣いそうだし。心配なんですけど」

「っは、余計な心配だな。王になれば俺が一番だ！　ヤるだけヤって、子供をしこたまこさえたら、不満は他で発散すりゃあいいんだよ。なにせ、俺は王様なんだからな！」

「そ、それがいい。是非、そうしてください！」

相変わらずのクズっぷりだが、このメンタルならばあのお姫様との結婚生活も大丈夫そうだ。闇落ちの原因は結婚生活ではないようで安心した。

だって、嫌すぎだろ。シリーズ最新作にして史上最強の敵が、結婚生活に嫌気が差して闇落ちした元勇者なんて。そんなの、せちがらすぎる。

「お前、変なトコ心配しやがんのな」

「はい、俺にとっては初代様が一番大切なので」

「……そうかよ」

初代様の声が弱弱しい。本当に疲れ切っているのだろう。どうにかしてあげたい。でも、陰キャの俺は一軍女子には到底太刀打ちできない。

「ま、俺が王様になったら、テメェは俺の犬として引き続き飼ってやるよ。おい、嬉しいだろ？」

「えっ？」

突然元気を取り戻した初代様が、ニヤと悪い顔で笑いかけてくる。

思わずドキリとしてしまう。最近、昼間にはお姫様が居るせいで、初代様の嘘の笑顔しか見てなかった。久しぶりだ。俺は、初代様の笑顔なら、知らない人に見せる綺麗なものより、こっちのクズみたいな方が好きだ。

「えっと」

「……おい、嬉しくねぇのかよ。返事」

「はい」

「嬉しいのか、嬉しくねぇのか。どっちなんだ」

「嬉しいです」

「なら、最初からそう言え。良かったな。お前、俺が捨てたら引きこもんだろ？　寂しくて」

「はい」

驚いた。初代様は、俺のした昔話を覚えていたようだ。あんなつまらない話、すぐに忘れられると思っていたのに。

「ありがとうございます。初代様」

「おう。感謝しろ。あとおかわり持ってこい。どうせ、明日も食えねぇんだからよ」

終始機嫌の良い初代様相手に、俺は慌てて空の容器を受け取った。そうだ。初代様は、もう俺の作った食事しか食べられない。今のうちにたくさん食べて貰わないと。

「はい」

俺は鞄の中にコッソリと隠して持ってきたスープの容器から、おかわりを注いだ。透明な黄金《こがね》色のスープの水面に、なんの変哲もない俺の姿が映り込む。俺は、最新作の勇者であり、初代様の……子孫だ。

——初代勇者の魔王討伐時代まで戻り、お前が勇者の闇落ちの原因を探せ！　そして、未来を……

〝今〟を変えてくれ！

召喚士の言葉が、脳裏を過る。

初代様が無事に魔王を倒し、闇落ちしないのを見届けたら、俺は元の世界に戻らなければならない。

本当は、初代様に飼ってもらいたい。そして、一生何も考えずに初代様の命令だけを聞いて生きていきたい。他人の敷いたレールの上を、何も考えずに走って人生を終えたい。

でも、それは出来ない。

陰キャで、引きこもりな俺も、仲間と世界を見捨てる事は、さすがに出来ないのだ。

「うめぇー」

初代様の美味《うま》いという言葉に、俺は俯いて笑った。

《勇者じゃなければ良かったのに》

八：初代様には、手は出させない！

その瞬間、息が止まるかと思った。

「う、うわ」

次いで漏れたのは、悲鳴にすらならない震えた声。

目の前には、乱れたドレスに身を包むお姫様と深い口付けを交わす初代様の姿があった。

「つきゃぁぁぁぁっ！」

「……お前」

「っっっっ!!」

やってしまった――――!!

俺は早くその場から出て行けば良いものを、あまりの混乱具合にアタフタしてしまった。手には初代様に届けにきた、夜食のスープ。

どうしよう、どうしよう！　出て行かなきゃ、でもスープが。なんて謎の葛藤が俺を襲う。

しかし次の瞬間。明確な命令が俺へと下った。

「この無礼者っ！　さっさと出てお行きなさいっ！」

「っは、はい！　申し訳ございませんでした！」

お姫様からの怒声だ。俺は弾かれたように飛び上がると、部屋の戸に手をかけた。

そして、ハタと手にあるスープへと意識が向く。もちろん、今日も初代様は殆ど何も口にしていない。宿屋の食事は全て吐き出してしまっていた。

とっさに初代様へ目を向けると、驚いた顔で此方を見つめる姿があった。

「っこ、こ、コレ！　ここに、置いときます。す、すみません！」

本当は出来立てを食べて貰いたかったが仕方がない。作ったスープを机へと置き、俺はやっとの事で部屋から飛び出した。

ドキドキする。ソウイウ行為を、俺は初めて間近で見てしまった。

「はぁっ、はぁっ」

心臓の音が止まらない。さすが陰キャだ。どれだけネットで無修正のＡＶを拾って見ても、それとは比べ物にならない。ナマだ。ナマ。

自分を落ち着かせる為、そのまま宿屋を飛び出した。夜風に当たって、このドキドキを治めないと。

そう、思った時だ。

「っ！」

殺気を感じた。この殺気には覚えがある。

「……あぁ、久しぶりに来たんだ。暗殺者」

お姫様がパーティに加わり、野宿をやめてから殆ど遭遇しなくなっていたのに。久々に、やってきたらしい。ただ、現在初代様はお姫様と大切なセ、セッ……未来の勇者を作る、大切な儀式の最中だ。邪魔させるワケにはいかない。それに、いい加減――。

「……ウンザリしてたんだ」

俺は殺気のする方へ一目散に走ると、腰の剣に手をかけた。宿屋の裏の森から、感じる殺気。それは次第に近く、強くなっていく。

——っは。あんな雑魚。放っておいてもなんの問題もねぇよ。

「問題なくないです。初代様」

そろそろ、もういいだろう。

人を殺せない優しい初代様は、わざと暗殺者を殺さず逃がしてきた。そのせいで、眠れない夜を幾度となく過ごす事になったのだから。

パキ、と俺の踏んだ木の枝が折れる。その瞬間、殺気の全てが此方へと向けられた。

「……貴様、何者だ？」

「……」

森の中で、全身に黒づくめのマントを被った男が問いかけてくる。コイツだ。いつも初代様を殺そうとしていた暗殺者。いっつも同じヤツだった。気配で分かる。

「あぁ。お前は、確か。いつも勇者にくっ付いてるヤツか」

「……あ、貴方は。その、どうして初代様を。こ、殺そうとするんですか」

「ひとまず、お前を先に殺しておこう」

たどたどしい俺の質問になど答えてくれる筈もなく、気付けば暗殺者の短刀が俺の喉笛めがけて吸い込まれるように近づいていた。さすがだ。全てに隙がない。俺は、ゆっくりと目を閉じた。


血の匂いがした。

えらいっこっちゃ、えらいこっちゃ。

なんと、暗殺者の差し金は王様だったのだ。どうやら、王様は魔王と裏で密約を交わしたらしい。勇者の血族を途絶えさせる代わりに、この国だけは絶対に襲わせないという。

足元に転がっている死体が、全部教えてくれた。時間はかかったけれど、少し痛めつけたら簡単に話してくれた。

まぁ、それにしても。

「王様、バカかよ」

勇者の血脈にしか、魔王を倒す事は出来ないのに。その懐刀を自分から壊そうなんて。バカだバカだ。権力にしがみ付くバカな王様だ。

「初代様は、絶対に殺させない」

なにせ、初代様が居なければこの世界は救われない。ついでに、俺も生まれない。いや、それどころか【レジェンド・オブ・ソードクエスト】という神ゲーもなくなってしまうかもしれないのだ。

「でも、良かった。お姫様は何も知らないみたいで」

最初、あのお姫様もグルかと思った。

丁度、二人がセ……儀式を行おうとした晩に、暗殺者が来たのだから。疑うなという方が無理だろう。しかし、王様はクズも極まっていたようで、一向に殺せない勇者を倒すのに、自分の娘を使う事にしたのだそうだ。

わざと娘をドラゴンに攫わせ、初代様に助けさせた。そして、儀式をする二人の寝込みを襲わせる、と。

「確かに……あんな儀式をしていたらウッカリするかも。丸腰になるし」

結果的に、二人のあの場面に遭遇して、良かったのかもしれない。でなければ、俺も宿屋の外には出てこなかっただろうし、そうしなければ暗殺者にも気付けなかったかも。

「俺、童貞で良かった」

最近、自分にとってはマイナスだと思っていた事が、ことごとくプラスに働いている気がする。なんか自己肯定感が上がりそうだ。

死体を隠し、剣に付いた血を川で洗い流す。初代様と違って、俺は人も殺れる。俺にとっては、モンスターもよく知らない人間も、全部怖い。いや、人間だって俺にとってはモンスターみたいなモノだ。

「ついでに、体も洗っとこ」

どこに返り血が付いているか分からない。俺は服を全て脱ぎ、衣類に血が付いていないか確認した。

あとは体をサッと川の水で流せば――、

「おい、犬」

「っ！」

声がした。初代様の声だ。

軋《きし》む体を無理やり声のする方へ向けると、木にもたれかかるようにしながら初代様が俺を見ていた。

手には、俺の置いていったスープの皿。

「あ、あ。初代様。い、いつから此処に？」

「さっき。テメェが服を脱ぎ始めた時」

良かった。暗殺者を殺しているところを見られていたらどうしようかと思った。きっと勝手な事をするなと叱られていただろう。

「こんな時間に水浴びか？」

「あ、はい。ちょっと、急に水浴びがしたくなって」

「へぇ」

初代様の琥珀色の目がジッと俺を見つめてくる。今、完全に素っ裸なので、あまり見ないで欲しい。

「しょ、初代様は……お姫様、とは」

「テメェが邪魔しに来たせいで、出来なかったわ」

「っっっっっ!!」

あ――――！　やってしまった――！

せっかく、未来の勇者が生まれるかもしれない大切な儀式だったのに――――！

「初代様！　ごめんなさいっ！」

「うおっ！　なんだ、急に」

俺は素っ裸である事など忘れて、川から上がって初代様の前で土下座した。全裸で土下座。まさか、地面に額を擦り付ける以上に屈辱的な土下座があろうとは。

「ごめんなさいっ！　ごめんなさい！」

「お、おい」

しかし、そんな事は、やはり一切気にならなかった。だって俺は、初代様に対して、申し訳なさすぎて押しつぶされそうだったのだから。

——俺の、勇者の血は……王族にしかやらねぇ。魔王を倒して姫と結婚したら、我慢してた分死ぬ程ヤりまくってやる。

十八歳なのに、一人で色々頑張って、ヤりたいのも我慢して。それでやっと手にしたチャンスを。

俺のせいで棒に振ってしまったのだ。

「っう、っうぇ」

「は？　犬。お前、何泣いてんだ」

「っひく、ごめんなさい。ほんどうに、ごめんなざ」

俺は止めどなく溢れてくる涙を止める事が出来なかった。

そう、そうなのだ。初代様は少々性格に難もあるが、それでも真っ直ぐで正義感の強い、良い子だ。

そんな事は、一緒に旅をしていればすぐ分かる。

——生まれてこの方、勇者だなんだっつって色々我慢してきたんだ。国一つじゃ足りねぇくらいだ。

仲間もなく、ずっと一人で戦い続け。同じ年頃の子らが楽しそうに遊ぶのを横目に、立ち寄った村や町で、他人の為に働く。俺が一緒に旅する前から、ずっとそうしていた。

それなのに、守ろうとしている相手から、暗殺者なんてモノまで差し向けられて。

こんなの、闇落ちして魔王になっても仕方がない。全部人間が悪い。俺が悪い。誰が初代様に文句なんて言えるだろう。

「っふぅぅっ、ごめぇっ」

「……」

地面が俺の涙で濡れる。なんで俺がこんなにも泣いているのか、自分でもまったく分からない。で

も悲しいのだ。謝りたいのだ。そして出来れば初代様には、

「じょだいざま……、じょだいざま」

闇落ちなどせず、たくさん幸せになって欲しいのだ。

俺とは違い、初代様は自分の望みの為に、ずっと〝不自由〟という対価を支払い続けている。俺のような、なりゆきで流されて勇者をやってたようなヤツが、そもそもこの人に勝てるワケがなかった。

そうやって俺が地面に爪を立てながら泣き喚《わめ》いていると、またしても俺の頭が無理やり引っ張り上げられた。

「う、ぁ」

涙でぼやけながらもハッキリと分かる。目の前には、美しく整った初代様の顔があった。そういえば、以前にもこんな事があったような気がする。

あぁ、眩しい。ただ、あの時と違って、髪の毛は痛くない。俺の髪の毛を掴《つか》む手は、どこか優しかった。

「お前さ、前言ったよな？」

「うっ、うぅ？」

「俺の為ならなんでもやるって」

「あいっ」

琥珀色の瞳に見つめられながら、必死に頷いた。その拍子に、溜まっていた涙がハラリと零《こぼ》れ落ちる。

「じゃあ、俺のコレを処理しろ」

「へ」

コレ。

俺の前に座り込んできた初代様の指し示す所は、自身の足の間だった。そこは、服の上からでも分かる程ハッキリと反応しており、非常に苦しそうだ。

さっきまで物凄く涼しい顔をしてたせいで、こんな風になっているなんてまったく気付かなかった。

「っぁ」

思わず声が漏れる。

俺が邪魔をしてしまったせいで、中途半端に放置されてしまったのか。申し訳ない。申し訳ない。

先程まで俺の髪の毛を掴んでいた初代様の手が、スルリと俺の顎へ移動してきた。人差し指と親指が、滑《なめ》らかに俺の顎を撫でる。ゾクゾクする。

その時の初代様は、これまで見た事もないような不思議な目で、ジッと俺を見ていた。

「出来ねぇか?」

「できまず」

初代様からの問いに、俺は弾かれたようにその膨《ふく》らみに手をかけた。あぁ、懐かしい。高校の時、〝あの人〟にもよく処理するように言われていた。だから、やり方はよく知ってる。

取り出した初代様のモノは、その体に見合う大きさだった。もちろん、俺のより大きい。既に完勃《だ》ちに近い状態のソレは、亀頭が立派にエラを張り血管が浮き上がっていた。思わず目を奪われながら、ソッと顔を近付けてみる。触れていないにもかかわらず、熱気が感じられる。無意識にスンスンと鼻を鳴らして嗅ぐと、汗ではない初代様の匂いがした。

「っは。お前、ほんとに犬みてぇだな」

頭の上から初代様の詰まったような声が聞こえてくる。キツいのだろう。早くしないと。初代様に苦しい思いはさせたくない。

取り出した初代様のソレを、俺は躊躇《ためら》いなく口に咥《くわ》えた。大きい。初代様の全てを咥え込んだつもりだったが、どうやらコレで全部ではないようだ。

「っん、ふぅぅっ、んっ……んっ」

なんだか、物凄く頭がクラクラしてきた。変だ。苦しいのに、俺まで気持ち良いのはどうしてだろう。ジュルジュルと出来るだけ激しい音を立てて、初代様の幹を吸い上げる。音は、出来るだけ立てるようにと、あの人からは教わっている。

「んふぅっ、っふぅっ」

「っは、っく」

初代様が喉の奥から上擦ったような声を上げている。

どうやら、やり方は体に染みついているようだった。良かった、あの時の経験が役に立った。本当に、人生なんの経験が役に立つか分からない。

「っくそ。ヤベェなっ……コレっ」

嬉しい。初代様も気持ち良くなってくれている。もっと、もっと気持ち良くなって貰いたい。

俺は初代様のモノに勢いよく吸い付くと、舌を尿道にグリグリと捻《ね》じ込んだ。同時に頭を上下に動かし、唇をすぼめてカリの部分を刺激する。出来るだけ唾液を絡ませ滑りを良くしていると、次第に口の中にヌルリとした粘り気のある液体が混じり始めた。

「っふ、っはぅ……っはぁ」

呼吸を少し整える為に、一度口を離す。

すると、そこには俺の唾液でしっとりと濡れる初代様のモノがあった。咥える前より、更に硬さを増しているようで、浮き上がる血管に沿って流れる先走りの汁が、凄くいやらしい。ゴクリと、思わず喉が鳴った。

「っは、ぁ。ぅ」

「おい、休むな」

口を離してしまった俺に、頭の上から初代様の不満そうな声が投げかけられる。でも、その言葉は初代様のモノに釘付けになる俺の耳を、右から左へと通り過ぎていった。あぁ、もっと、もっと気持ち良くしてあげたい。〝この子〟も、ずっと我慢してきたのだから。

「おい、い……」

犬、と言い切る前に、俺は初代様の反り返る裏筋を下から上へと舐め上げた。咥え込んでしまうのもいいが、もう少しだけ目の前で、この子を見ていたい。レロと、先走りを舐め取るよう幹全体に舌を這わせ、最後に、止めどなく先走りが溢れ出してくる亀頭にちゅっと吸い付いた。

「っふ、ん、んぅ……かわい」

「……っな」

「はぁっ、いいこ」

俺は、フルリと震える幹にスリスリと頬を寄せた。

俺とは違い、発散する機会は山のようにあっただろうに。この子も、初代様と同じでずっと我慢を強いられてきた。そう思うと、とても健気《けなげ》で可愛くて、可哀想だ。そんな事を思いながら、俺は初代様の股の間で腰を折り、キスをしたり撫でたりを繰り返した。すると、突然フルリと幹全体が震え、量の増えた先走りが、俺の頬や掌《てのひら》を濡らす。

「っはぁ、やべっ。っお、いっ……おい、犬！」

「っぁ！」

同時に、初代様の苦し気な怒鳴り声が降ってきた。その、あまりにも切羽詰まった声に、俺はビクリと顔を上げる。すると、そこには肩で息をしながら、ギラついた目で此方を見下ろす初代様の姿があった。

ヤバイ、ちゃんと咥えないから初代様がキレている。

「す、みませっ……すぐに咥えますっ」

「おいっ、ちがっ！」

俺は再び初代様のモノを頭から咥え込むと、先走りを頼りに頭を上下に動かした。トントンと初代様の亀頭が喉奥にぶつかる音がする。際限ない先走りが、飲み込み切れない唾液と共に口の端から溢れた。

「っふ、んんん……っは、んぅっ」

口の中の怒張が更に質量を増し、俺の口内を満たす。苦しさはあるが、それが妙に気持ち良く感じて仕方がなかった。下腹部もムズムズする。

「っん……んふぅっっ！」

チラと視線を初代様へ向けると、バチリと目が合った。初代様は眉間に皺を寄せた苦しげな表情だったが、乱れる呼吸の合間に、スルスルと頭を撫でてくれている。まるで、上手じゃないかと褒められているようで、俺は嬉しくて思わず目を細めた。

その瞬間、初代様の息を呑む声が耳をついた。

「っは、ヤベ。イく……！」

「んんん……っふぁぁっ、っはぁ、ん。っひふ」

口に咥えてそう経たないうちに、初代様はイってしまった。喉の奥に、ドロリとした精液の引っかかる感じがする。見上げてみると、眉間に深い皺を刻み、肩で息をしている初代様の姿があった。

「……ん、く。っんふ」

そんな姿を見つめながら、俺は初代様の出した精液を全て飲み干した。うん、変な味。やっぱり美味しくない。でも、何故か嫌だとは欠片《かけら》も思わなかった。

「は……？　お、お前。飲んだのか」

「はい」

初代様は信じられないとでもいう顔で此方を見つめている。俺は頷きながら、口の周りに付いた初代様の精液を指で取って舐めた。やっぱり若いせいだろうか。味が濃い気がする。

「……マジかよ」

「へ？」

ダメだっただろうか。あの人は、俺が飲むと喜んでいたが。

すると、驚いた表情を浮かべていた初代様の顔が、一気に険しくなった。

「お前、いやに慣れてやがるな」

「はい。気持ち良かったですか？」

「あぁ、スゲェ良かった……じゃなくて！　今まで他のヤツのモンでも咥えた事があんのか⁉」

「はい」

俺が頷くと、初代様の眉がキュッと寄った。

「……まさか、前言ってたヤツか？」

「そうです」

そう、高校の時。俺の事をパシっていた不良の彼だ。俺は昼休み、事あるごとに彼の処理をさせられていた。出したモノを全部飲み込むよう教えてくれたのも彼だ。

「……ムカツク」

「え？」

ボソリと悪態がつかれた。低く掠れた声だ。初代様の顔を見てみれば、そこには先程までの快楽に溺れたそれではなく、ハッキリとした怒りが浮かんでいた。どうやら、何か気に障る事をしてしまったらしい。ど、どうしよう。

「おい、テメェは俺の犬だろうが」

「はい」

「俺以外のヤツの言う事なんか……聞いてんじゃねぇよ」

「黙れ」

「でも、あの時はまだ初代様は居なくて、」

「はい」

俺の言葉は、初代様の「黙れ」というたった一言で一蹴された。

ただ、俺の顎を撫でる手は未だに優しい。どうやら、俺の口の端にまだ初代様の精液が残っていたようで、親指ですくわれたソレを俺の口の前に差し出された。

何を考えるでもなく、俺はその親指を舐める。

「ほんとに、犬みたいだな。お前」

「はい」

「なぁ、お前さ」

「はい」

初代様の言葉を静かに待っていると、いつの間にかその手は俺の腹の傷を撫でていた。そっちは、通り魔に付けられた方だ。

「この傷はなんだ。誰に付けられた」

「知らない人です」

「知らないヤツって、お前にも暗殺者かなんか付いてたのか？」

「……えっと、多分」

本当の事を言うと混乱させるだけなので頷いておく事にした。「ふうん」と、少しだけ満足そうな声を上げながら傷の上を初代様の手が行ったり来たりする。くすぐったい。

「じゃあ、コッチは？」

そっちは初代様に付けられた方の傷だ。

「コッチはもっと酷ぇな。しかも、すげぇ深い。なんで、こんな傷が付いた？　これも暗殺者か？」

「えっと、」

貴方が付けたんです。とは、さすがに言えない。どう答えたモノか思案していると、初代様はどこか厳しい目で俺を見ていた。

「……まさか、アイツか」

「あ、違います」

さすがに、ただの不良の彼にこんな大それた事は出来ない。即答した俺に、初代様がホッとしたような表情を浮かべる。やっぱりその間も、俺の傷口を撫でる手は止まらない。なんか、ゾクゾクしてきた。

「っん」

思わず声が漏れる。このままだと、俺もヤバイかも。

「で、こっちは誰が付けたんだ？」

初代様が、俺の傷口を執拗《しつよう》に撫でながら重ねて尋ねてくる。その声は、さっきよりも楽しそう。

「……これは、その。俺が悪くて。その人は、何も悪くないのに……俺がその人を悪者扱いしたから、刺されました。だから、俺が全部、悪くて」

「なんだそりゃ」

呆れたような声が、俺の耳に聞こえてくる。分からないだろう。初代様は分からなくていい。でも、そのままの意味だ。

なんで、俺達はあの時、自分達が正義だと思い込んでいたんだろう。どうして、俺はこんな良い子に平気で剣を向けた？

しかも、たった一人の初代様に対して、こっちは仲間を連れて、徒党を組んで。

「ううぅっ」

「また泣くのか。ダル」

「すっ。ずみばぜんっ」

ダルと言いつつ、初代様は俺の涙をその大きな手で拭ってくれる。そして、ふと吐き出すように言われた。

「ヤらせろ」

「……へ？」

「なぁ。ここは、使われた事はあんのか？」

「っ！」

先程まで俺の涙を拭ってくれていた手が、俺の後ろの穴に触れた。

あぁ、なんて事だ。それはやった事がない。未経験だ。こんな事なら、あの時一緒に使って貰っておくべきだった。

ゆるゆると穴の縁を撫でられながら、俺は苦虫を嚙みつぶすような心持ちで言った。

「使った事は、ありません」

「へぇ。そっか」

「うぅっ、ずみまぜんっ」

「は？　なに悔しそうに言ってんだよ。意味わかんね」

心なしか機嫌の良くなった初代様を前に、俺が悔し涙を流していると、先程まで処理して萎えていた初代様のモノが、再び緩く勃ち上がりかけていた。さすがだ、若い。

「喜べ、犬。俺が可愛がってやるよ」

「……あいっ」

はい、とは言ったものの、平気な顔で指を穴へと挿入してくる初代様に、俺はビクリと体を揺らした。だって、どう考えてもソコは汚い。しかし、さすがは初代様といったところか。童貞な筈なのに、全てが手慣れていた。

ただ、そこはどう頑張っても女性相手にはあまり使わない場所だ。指を挿《い》れたからといって、自然と濡れてくるワケじゃない。そのせいか、どうしても違和感と痛みが勝ってしまった。

「……っぅ、いだぃ」

「……」

思わず漏れた声に、初代様の動きがピタリと止まる。余計な事を言ってしまったと体を強張《こわば》らせると、後ろの穴から初代様の指が抜けていった。やっぱり男は面倒だから止《や》めるのだろうか、と思った矢先、俺の目の前に初代様の固い指が差し出された。

「舐めろ」

「っ！　はい！」

脳直で返事をし、気付けば俺は初代様の指にしゃぶりついていた。ペロペロと口の中で舌を動かすたびに、剣ダコで固くなった皮膚に舌がぶつかる。その手には、初代様のこれまでの努力が全て詰まっているようだった。

「っふ、んっ、っちゅ」

「はっ、やっぱ犬みてぇ」

初代様の足の間で地面に両手をつき、必死に指をしゃぶる俺に、初代様は楽しそうに言った。同時に、後頭部に優しく撫でられる感触が走る。頭を撫でられるのが嬉しくて、もっと舐めた。

我を忘れてちゅるちゅると指に吸い付いていると、初代様から「もういい」と静止がかかった。初代様の指が口から抜けていく。一緒に、撫でられていた頭からも初代様の手が離れていってしまった。

嫌だ、もっと撫でて欲しい。

「なに残念そうな顔してんだ」

「っあ、えと……」

バレてる。そんなに俺はモノ欲しそうな顔をしていただろうか。初代様の声に、俺が恥ずかしくて俯いていると、再び初代様の手が俺の後頭部に触れた。

「おい、こっからだぞ。もっとコッチに来い」

「っはい」

グイと頭を引き寄せられ、初代様の肩に頭を預ける体勢になる。ここからどうしたらいいのだろう。俺がこの後の動きに迷っていると、耳元で「もっと体を寄せろ。俺に体重かけていいから」という初代様の言葉が聞こえた。俺はその言葉に従い、ピタリと体を重ねる。何も服を着ていないせいで、初代様のシャツ越しの温もりがダイレクトに伝わってきて、凄く心地良かった。

「指、挿れるからな」

「っ、は、はい」

後ろの穴に添えられた指に、俺は先程の痛みと違和感を思い出し、思わずビクリと体を固くする。

そんな俺に対し、初代様は何も言わなかったが、もう片方の手でスルスルと俺の頭を撫でてくれた。

「力抜け。そして、ゆっくり息をしろ」

「は、はい」

驚くほど優しい声に、俺は体から力を抜くと初代様のシャツをギュッと握りしめた。ゆっくりと、初代様の指が入口の壁を開くように入ってくる。少しずつ奥へと侵入してくる指の感覚には違和感を覚えつつも、首筋を擽るように撫でてくるもう片方の手に俺は「はぁっ」と熱い息を吐いた。

「痛いか？」

「いたく、ないです……」

「痛い時は言えよ」

「は、い」

むしろ逆に、背筋にビリビリと感じた事のないような感覚が走る。耳の後ろや、後ろ髪をサスサスと撫でられて、俺は荒くなる呼吸を止められなくなっていた。

「っはぁ、ん。っふぅ……っふ」

俺の目の前に見える初代様の耳に、俺の息がかかる。最初から気になっていたのだが、初代様の耳は真っ赤だった。あまりの赤さに俺が「大丈夫ですか」と声をかけようとした時だ。

「っぁ、んっ！」

「お」

初代様の指が〝ある場所〟を掠めた瞬間、自分のものとは思えないような声が漏れ出た。

なんだ、今の。

「あ、れ？　……へ？」

「ここか、お前のイイ所」

「いい、ところ？」

「っし、分かった。声、我慢すんなよ」

「え？」

戸惑う俺を余所《よそ》に初代様は再びナカの指を、その一点を擦るように動かし始めた。

「っは、ッあ……っひ、っあ、っぁ、なにぃっ？」

「すっげ、絡みついてきやがる」

「っふ、ぅ、しょだ、いさ、あぁっ！」

ゴリゴリと「イイ所」を擦られ、自然と膝立ちになった腰が揺れる。見えないが、分かる。今、俺のモノは完全に勃起《ぼっき》している。腰を振るたび、付け根を中心に上下に揺れる感覚がする。触りたい。でも、初代様とピッタリ体を合わせているせいで、直接触れる事は叶《かな》わない。だから、みっともないのを承知の上で、ヘコヘコと腰を振るしかなかった。

「っは、いっちょ前に俺の腹に擦り付けやがって」

「っひ、ご、ごめなしゃっ、んぁっ」

笑いながら口にされる言葉の通り、俺は必死に腰を揺らしながら筋肉で覆われた初代様の固い肌に、シャツの上から自身を擦り付けていた。

ダメだ、ダメだ、ダメだ！　そう、頭では分かっているのに、腰を振るのを止められない。

「っふぅ、っふぅ。しょだ、いさ、ま。っぁひゃん！」

ひっきりなしに聞こえてくる自分の声に堪《こら》えられず、俺は片方の手で自らの口を覆った。顔が熱い。いや、もう体中熱い。こんなの俺は知らない。だって、あの人はこんな事は俺にしなかった。教えてくれなかった。

「んんっ、っふぅ、っんぅ！」

「おいっ、なに口押さえてんだ。手ぇ離せ。声、我慢すんなっつっただろうが⁉」

「っひ、っひゃい！」

口元を覆って、どうにか嬌声《きょうせい》を上げないようにと耐えていた俺だったが、初代様はそれを許してはくれないらしい。

初代様の言う事は絶対だ。俺は添えていた震える掌をゆっくり口元から離すと、そこからは初代様の首に腕を巻き付け、欲望のままに腰を振りたくった。

「っぁ、んっ、っぁあ！　っひぁぁっ！」

もう、ヤだ。恥ずかしい。そう思って涙目になりながらうるむ視界に映ったのは、更に真っ赤に染まった初代様の耳だった。もしかして、初代様も恥ずかしいのだろうか。すると、その問いに答えるように、腰を振り上下に揺れる俺のモノに、火傷《やけど》しそうな程熱いもう一つのモノが触れた。

「ひっ、んぅっ、しょだい、さまの……あついぃっ」

「っはぁ、っは、っく」

初代様の苦し気な声が聞こえる。それは、俺と初代様の腹の間で、交錯するように勃起し合うお互いの欲の塊だった。

たまに触れ合う強烈な熱が、後ろから与えられる快楽を更に高めた。

「っは、やべ。スゲェ指に、絡みついてくる」

「っふっぁっ、んっ、あっぅ」

初代様の指が、俺の中をゆっくりと行ったり来たりする。いつの間にか、一本だった指が、二本、三本と増えており、バラバラと穴を押し拡《ひろ》げるほどに動き回っていた。

「っは……ぁんっ！　あっ、あっ」

俺の唾液を絡めた初代様の指が、ナカのシコリを容赦なく責め立てる。そのたびに体がハネて、強烈な快楽から逃れるように、初代様の肩に頭をグリグリと擦り付けた。そんな俺の後頭部を優しく撫でられれば、もう何も考えられない。

「っは、っふー。っふぅっ。しょこっ、ひもちぃっ」

「っそうかよ。なら、良かった」

何をやっているんだ。俺が気持ち良くなる為の行為じゃないのに。気付けば、初代様のモノが苦し気に俺の体に押し当てられていた。チラと腹の間に目をやると、血管が浮き上がり、仰《の》け反《ぞ》るように勃起しているモノが見える。最初に俺が口に咥えた時より随分と苦しそうだ。

「しょ、だいさま。もっ、だいじょぶです」

「っは？　何言ってんだ、まだこんなモンじゃ俺のは無理だろうが」

その通りだ。こんなんじゃ、あんなに大きなモノを受け入れるにはまだまだだろう。でも、もういい。

初代様の手を煩わせたくないからなのか、もっと奥に来て欲しいと思ったからなのか。俺はうるんで視界が曖昧なのを良い事に、出来るだけ股を広げ、自分の両手で穴を拡げてみせた。すると、その拍子に未だにナカを押し拡げていた初代様の指が更に奥へと入っていく。

「っぁは、ぅ。しょだい、さま。っはぁ。も、来てください」

「お前……」

「しょ、だいさまが、くるしいのは、……いちばん、いやですっ」

とんでもない格好で、凄い事を言っている自覚はある。ほんと、ヤバイヤツすぎる。それでも、頭の片隅で過った思考に蓋をして俺は必死に叫んだ。その瞬間、それまで奥に押し入っていた初代様の指がズルリと抜け、そして呼吸を整えるように二、三度肩で息をした。

「っふ――――。……おい、言ったな？」

「は、い」

「無理とか、嫌だとか言っても、ぜってー止めねぇからな！　テメェが泣き喚いてもだ！」

初代様の余裕のない必死な目に捕らえられ、背筋にゾクゾクと今まで感じた事のない感覚が走った。あぁ、俺はこれからこの人の全てを受け入れるんだ。そう思うと、なんだか誇らしくてたまらない気持ちになる。

「っはい！」

俺から初代様への返事は「はい」しかない。

でもそれは、命令されたからではない。俺が「はい」としか、言いたくない。これは、俺が生まれて初めて感じる、強い意思だった。

◇◆◇

俺達はこんな外で何をやっているんだろう。

すぐ隣では、川が流れ涼し気な音を響かせている。そして、その傍には暗殺者の死体を埋めた穴だってあるのだ。そんな場所で、俺は初代様に抱かれていた。ずぶずぶという、卑猥《ひわい》な音が静かな川のせせらぎに乗って耳の奥を犯す。

「っは、っくそ。きっつ」

「っひ、ぁっ……っぁあっぁん」

一時《いっとき》も止まる事なく、抜き差しが繰り返される。もう、初代様は一体どれくらい俺の中でイっただろう。何も分からない。ただ、苦しさの中に同居する、脳天を突き抜ける程の気持ち良さに、ともかく俺は溺れていた。

「おいっ、お前、ここっ、好きだろ。なぁっ、おいっ」

「っっひ、っぁん、んっぁぁぁあっ！」

硬く太いモノで内壁を押し拡げられ、カリで先程のシコリをけずるように刺激される。もう自分の気持ち悪い喘《あえ》ぎ声を気にしている余裕すらない。

「こたえろっ！　おいっ、犬っ！　キモチイイのかよ！　てめぇっはっ！」

「っぁ、はぃっ！　ひもちっ、ですっ！」

声が裏返って上手く答えられないので、必死に首を縦に振って気持ちが良い事を伝える。すると、初代様の腰の動きが更に激しくなる。グリグリと、拓かれた最奥に亀頭を擦り付けるように穿《うが》たれ続けた。

初代様の額にジワリと汗が滲んでいる。「っは」と苦し気な呼吸と共に腰の動きが、少しだけ緩んだ。しかし、俺の中にある初代様のモノは一向に萎える様子はない。凄い。もう、初代様だって何回もイってる筈なのに。

「しょ、だい、さまっ」

「っは、っく……あ？」

苦し気な呼吸の合間に、初代様の目が俺を捕らえる。俺は、震える手で初代様の額の汗を拭うと、ずっと気になっていた事を尋ねた。

「しょだい、さまはっ……きもち、いいですか？」

「……」

指に付いた初代様の汗を無意識のうちに舐める。しょっぱい。その瞬間、初代様の目が大きく見開かれた。そして――。

「っふ、んむっ、んんんんっ」

「っはぁっ、んっ」

激しい腰の律動の再開と共に、初代様に唇を塞がれた。

上も下もドロドロのグチャグチャで、どこまでが自分でどこからが初代様なのか分からない。初代様にされるがまま、口の中を蠢《うごめ》く舌に自身の舌を絡めてみる。どうしよう、やっぱり俺が気持ち良い。初代様はどうだろう。でも、もう聞けない。気持ち良すぎて何も考えられなかった。パンパンと、肌と骨のぶつかり合う激しい音が響く。

「っ、イく」

「っはぁん、っぁぁぁぁっ！」

腹の奥がズンと熱くなった。微かに細めた視線の先には、気持ち良さそうに歪む初代様の顔がある。

その顔を見て、少しだけホッとした。

「っはぁっ、やべぇ……きもち、いいっ」

「……っはぁ」

腹に染みわたるような熱い感覚と共に、初代様の吐き出すような声が聞こえた。

あぁ、良かった。初代様のこれまでの我慢が、全て俺の中に吐き出されている。そんな気がした。

コレで少しでも、溜まった熱と、お姫様を抱けなかった悔しさが薄くなればいい。しなきゃならない〝我慢〟は、少ないに越した事はないのだから。

「しょだい、さまも……きもち、良くて……よかっ、た」

濁る意識の中で、俺はハッキリとそう思った。

◇◆◇

「おい、犬」

「はい」

空が白み始めた頃、初代様はやっと満足したように俺から自身を抜き去った。そして、川で体をすすぐ俺に初代様は言った。

「髪の毛も、ちゃんとすすいでこいよ」

「はい」

髪の毛に精液でも付いているのだろうか。いや、きっと外でヤったせいで、髪の毛に砂や泥が付いているに違いない。

初代様が俺の頭の下に手を敷いてくれていたので、そう汚れてはいないと思う。俺に気を遣う必要なんてないのに。

でも、少し嬉しかった。

「じゃあ、俺は先に戻るぞ」

「はい」

去って行く初代様の後ろ姿に、俺は改めて思った。

もっと、この人の為に頑張ろう、と。もっと、もっと。この人の望む事は、全部やろう。

「がんばろ」

言われた通りに髪の毛を川ですすぎながら、俺は世界の為でも仲間の為でもなく。他でもない初代様の為に、そう思ったのだった。だから気付かなかった。

髪をすすいだ後の川の水に、真っ赤な血が混じっていた事に。

九：初代様には慈悲がない？

初代様に抱かれたあの日から、俺にはまた一つ任せて貰える「役割」が増えた。それは――。

「っひ……んっ、っふぅっ」

「っおい、犬っ！」

「は、いっ」

言わずもがな「初代様の欲求不満の解消」だ。

最近では、この役割が一番多いかもしれない。野宿の時や、宿を取っている夜はもちろん。下手すると僅かな休憩の間、すぐ傍にお姫様が居る時でさえ、初代様は俺で処理した。

「なに、声ガマンしてやがんだっ！　出せっ！　犬なら、鳴けよっ、おいっ！」

「っぁ、でも……お、ひめ様がっ。っぁん！」

「おいっ、返事はなんて教えた!?」

「っぁい。……んっ、っひ、っあぁぁっ！」

「っく」

そうやって回数を重ねるうちに、どうやら俺の穴は初代様を以前より気持ち良く出来るようになったようだ。最近、初代様はイくのが早くなった気がする。ただ、その分「処理」の回数も増えた。

「っは、まだだ……」

「へ？」

「おい、今度はこっち向け」

「っえ、え？　っひ、ぁんっ！」

《今日は休憩の間に二回もした。さすが初代様だ。もっと俺に出来る事はないだろうか。最近はずっとそんな事ばかり考えている。少しだけ、俺も気が利いてきたのかもしれない》

「……着替え、もっと買い足しておかないとなぁ」

召喚士のくれた本は、いつの間にかページの後半まできていた。

◇◆◇

「……申し訳ございません。勇者様。私、もう」

今日も今日とて、俺と初代様、そして一軍女子であるお姫様との三人パーティの足並みは驚くほど亀だった。

「仕方ありませんよ。姫は旅慣れしていらっしゃらないのですから」

初代様が、俯くお姫様に優しい表情で微笑む。前はもっと表情を引きつらせていたのに。最近、初代様はとても機嫌が良い。

「本当に、申し訳ございません」

そんな初代様に、お姫様は本当に申し訳ないと思っているのだろう。羽織っている粗末な旅のローブを握りしめると悔しそうに俯いた。肩が微かに震えている。

「私のせいで、勇者様の旅が……遅くなってしまっている事。本当に悔しく思います」

「姫は何も悪くありません」

「勇者様……」

いやぁ、それにしても本当にこの二人が並ぶと画面が一気に濃くなる。美男美女が過ぎて、こんな表現はどうかと思うのだが……攻撃力が高い。俺は並ぶ二人の顔面攻撃力の高さに、精神的ダメージを受けた。

「ありがとうございます。勇者様」

お姫様は、一見すると陽キャの一軍女子なのだが決してギャルではなかった。どちらかと言えば、学級委員長に近いところがある。他人に厳しく、自分にも厳しい。自分の引き際を見極める判断も的確だ。

お姫様も慣れない旅で色々と辛いだろうに、彼女の口から文句が出た事は一度もない。

「この先に村があります。今日はそこで宿を取りましょう。そこまでは歩けますか？」

「……は、はい」

言い淀《よど》んだお姫様に、俺は、ふと彼女の足元に目を向けた。すると、そこには慣れない旅用の靴で踵《かかと》から血を滲ませるお姫様の足が見えた。痛そうだ。そう思った瞬間、俺は思わず声を上げていた。

「お、お姫、様」

「……なに？」

お姫様の声は酷く冷たい。けれど、これはいつもの事だ。チラとお姫様の隣に立つ初代様を見れば、驚いた顔で此方を見ていた。

「足を、け、怪我していらっしゃいます……よね？」

「だから何。このくらい平気よ」

「俺が、背負いましょうか？」

「は？」

きっとこのまま歩くと痛いだろうと思っての提案だった。最近、俺は「相手が口にする前に気を利かせる」というのが、少しだけ分かってきた気がする。初代様のお陰だ。だって、今もずっと「初代様の為に何が出来るか」を考えていたのだから。

俺が姫を背負って歩いた方が、絶対に早く村に着く。そしたら、初代様も助かるに違いないのだ。しかし、そう思って発せられた俺の「気遣い」はどうやら間違っていたらしい。

「っ無礼者！」

「へ？」

厳しい声でピシャリと言ってのけたお姫様は、俺から素早く距離を取った。その顔は嫌悪に満ちており、俺の事を警戒している様子だった。

あれ？　あれれ？　俺は何かヤバイ事を言ってしまっただろうか。

「私は一国の姫よ！　貴方のようなどこの馬の骨とも知れない男と肌を重ねるワケないでしょう!?」

「っへ!?　あ、も、申し訳ございません！」

肌を重ねるって！　そういう言い方をされると、めちゃくちゃ人聞きが悪くないか？　まるで俺が変態みたいじゃないか！

「まったく、最悪の気分だわ」

「……すみません」

しかし、そんな事言えるワケもなく。俺は不機嫌になってしまったお姫様に、重ねて頭を下げた。

あぁ、余計な事を言わなきゃ良かった。内心深い溜息をついていると、今度は「おい」と初代様の声が聞こえた。

「村に着いたら、〝遣い〟の命令をお前に言い渡す」

「あ、はい！」

どうしたのだろう。先程まで、機嫌の良さそうだった初代様まで酷く不機嫌そうな目で俺を見ている。そして、初代様は俺の前に歩み寄ると、肩に手を置いて耳元で囁《ささや》くように言った。

「犬。お前を使っていいのは……この俺だけだ」

酷く冷たい声に、背筋がヒヤリとした。やっぱり、陰キャの俺が気を利かせると碌《ろく》な事がない。

◇◆◇

走る、走る、走る。

「はぁっ、はぁっ、はぁっ」

俺は体勢を屈《かが》め宵闇の森を駆け抜けていた。極力、呼吸は一定に保つ。それが長く走り続けるコツだ。呼吸を乱すな。まだまだ先は長い。

『おい、犬。エクスカリバーの精製石の数が少ねぇ。取ってこい』

耳の奥で初代様の声が聞こえる。あれは確実に怒っていた。だって、精製石の数は確かに少ないが、必ずしも〝今〟取りに行く必要があるモノではないからだ。

理由はだいたい想像がつく。俺が、お姫様をおんぶしようとしたからだ。タイミング的に絶対そう。多分「俺のオンナに手を出すな」という事に違いない。あぁ、「犬」と呼ばれすぎて自分が人間の男である事を完全に忘れていた。

俺は、初代様の本気の怒りを買ってしまったのだ。

『明日の朝までこの村で待っててやる。少しでも遅れたら――』

置いて行く。

そう、初代様はハッキリと言った。俺はもしかしたら、初代様に見捨てられるかもしれない。そう思った瞬間、ひゅっと一定だった呼吸が乱れた。

精製石は希少アイテムだ。その辺のダンジョンに潜ればすぐに手に入るような代物ではなく、一番近い採掘場でも山脈を越えた先にある魔窟にしかない。普通に考えたら間に合わせるなんて到底無理だ。

もしかしたら、無理だからこそ、わざと俺に無理難題を言いつけたのかも。普通に置いて行くと言ったら、俺がうるさく騒いで面倒だと思ったから……わざと。

「しょ、初代様は、俺を……捨てようとして、いる？」

思わず不安が漏れる。そのせいで更に呼吸が乱れた。しかし、すぐに頭に過った思考を打ち消すように、傍に居ない筈の初代様の声が聞こえてきた。

『おい、犬。返事は？』

「っ、はい！」

いや、初代様の無理難題なんて〝いつもの事〟じゃないか。

俺は頭の中の初代様に、勢いよく頷くとそのままがむしゃらに足を前へと動かした。無理かどうかはやってみなければ分からない。それに、出来るか出来ないかじゃない。やるしかないんだ。そうしなきゃ、俺は置いて行かれてしまうんだから。

『じゃあ、今すぐ行け』

「はいっ！」

俺は、初代様から離れたくない。パーティを外されるなんて嫌だ。

「……今の俺、なんだか少年漫画の主人公みたいじゃないか？」

下らない事を呟いたせいで、俺の呼吸は更に乱れた。

◇◆◇

殺す、殺す、殺す、ぶっ殺す！

「っはぁ、っはぁ……っクソ！　邪魔だっ！」

足場の悪い魔窟のダンジョンを俺は必死にモンスターを狩りながら前へと進んでいた。このスライム系のモンスターを、俺はどれ程倒しただろうか。剣を突き立てるたびにスライムは崩れ落ちるように液状化し、地面に汚い褐色の水たまりを作りあげる。同時に霧散する異様な臭いに、最初こそ吐き気を覚えたが、今ではもう慣れてしまった。

「……あ」

ふと、足元を見ればついこの間初代様に買って貰ったばかりの新品の靴が、スライムの死骸のせいで酷く汚れきっていた。

――この街の防具屋で、最低でも10G以上の靴を買ってこい。いいな。

《初代様に高い靴を買って貰った。汚さないようにしなければ》

せっかく初代様が買ってくれた靴なのに。

「……もうこんなに汚れた。全部コイツらのせいだ」

視界の端で再びスライムが蠢くのが見えた。あぁ、クソ。まだ居たのか。

憤りが胸に詰まり、剣を握りしめる手に力が入る。俺はスライムめがけて全速力で走り込むと、握りしめた剣を勢いよく振りかざした。

と、あと一歩踏み出して剣を振り下ろさんという時に、足元に汚い赤褐色の水たまりが見えた。

「っ！」

あ、靴がまた汚れる。

過った思考に、一瞬踏み込みが遅れた。戦闘では、そういう一瞬の迷いが命取りになる。特に、仲間の居ないたった一人のパーティでは。

「っく！」

気付けば俺は、スライムから放たれた謎の液体をまるごと被ってしまった。ツンと、一気に思考を奪う程の刺激臭が鼻を突く。ヤバイ、毒だ。俺は必死に意識を保つと、目の前のスライムに剣を突き立てた。

「っはぁ、っはぁ……うぇっ！」

意識の混濁と、凄まじい吐き気が襲ってくる。

早く回復しなければ。俺は腰の道具箱から解毒薬を取り出すと、勢いよく飲み干した。

「……っふぅ」

少し頭がふらつくが、処置が早かったお陰で毒の回りは大した事がないようだ。まったく、攻撃と回復を同時に一人でやるなんて、やはり難易度が高すぎる。

でも、初代様はソレをずっと一人で全部こなしてきた。だって、初代様には仲間が居なかったから。

――っだぁぁぁっ！　クソ！　余計な事すんじゃねぇよ!?　殺すぞ！

そうやって何度怒鳴られてきただろう。でも、もう随分昔の事みたいだ。いや、実際昔なのかもしれない。

――アイテム、使いすぎんじゃねぇぞ。

だって、今はもう初代様の回復は〝俺の役目〟だ。完全に任せて貰えている。あれ、いつからそうなった？　俺、初代様と出会って一緒に旅を始めて、どのくらい経ったんだっけ？

「はっ、はぁっ……っげほ」

思い出そうとするが、息が上がって上手く頭が回らない。俺は周囲のモンスターを一掃したのを確認すると、その場に崩れ落ちるように座り込んだ。少しだけ、少しだけだ。少し休憩したら、また走れるようになるから。

――神託によって、生まれる前から俺は魔王を殺るように決められてんだからな。

――生まれてこの方、勇者だなんだっつって色々我慢してきたんだ。国一つじゃ足りねぇくらいだ。

「でも、初代様はもっとたくさん我慢してたんだ……だったら」

そうだ。初代様は神託なんていうワケの分からない預言のせいで、生まれた時から〝勇者〟として生きる事を余儀なくされてきた。何が未来を変えるか分からないからと、名前すら与えられず。ひたすら剣ばかりを振るう使命を課せられて。

「国が手に入るまでは、俺が初代様の〝自由〟にならないと」

ふと、杖代わりにしていた剣が目に入る。するとそれは、スライムの体液のせいでかなり刃こぼれを起こしていた。道理で切れ味が悪いと思った。

「エクスカリバーの、精製石を……取ってこないと」

それが初代様の望みだ。俺は、ふらつく体を剣で支えながら、再び立ち上がった。そうだ。休んでいる暇はない。

――っはははは！　あぁぁっ！　マジで久々に本気を出せたっ！　強ぇぇっ！

遠くで楽しそうな初代様の声が聞こえる。あぁ、初代様、凄く嬉しそう。

「初代様が、エクスカリバーを使うとこ、また見たいな。かっこいいから」

あー、ヤバイヤバイ。さっきからずっと初代様の事ばかりが頭に浮かんでくる。もしかすると毒のせいかもしれない。きっとそうだ。そうに違いない。

「……は――っ」

俺はその場で二、三度肩で息をする。少し、意識がハッキリしてきた。そろそろ行かないと。もう少しで魔窟の最深部。そこにエクスカリバーの精製石がある筈だ。

地面を勢いよく蹴る。俺は足場の悪いダンジョンの中を、全力で駆け抜けた。その拍子に、汚い水がパシャリと靴に向かって跳ねた。しかし、もう気にしたりしない。だって俺は――。

「靴が汚れるより、置いて行かれる方が……もっと嫌だ」

意識が完全にクリアになる。どうやら、解毒が終わったらしい。すると、その瞬間俺の耳元で初代様の声が聞こえた。

——じゃあ、俺の最終的な所まで付いて来い。死んでも文句言うなよ。

はい、初代様。最終的な所までお供させてください。

そう、未だに俺に語りかけてくる初代様に、俺は苦笑した。なんだ、やっぱり毒のせいじゃないじゃないか。

心の中に、当たり前みたいな顔をして居座る初代様に、俺は呼吸が乱れるのもかまわず笑った。

◇◆◇

「っはぁ、っはぁ、っはぁっは、っはぁぁっ」

呼吸が、苦しい。もう一定の呼吸を保つなんて無理だ。乱れに乱れ切っている。

俺は手に持った精製石の入った麻袋を握りしめながら、もう走っているとは言えないフラフラとした足取りで来た道を戻っていた。もうすぐ夜が明ける。早く村に戻らないと、置いて行かれてしまう。

「……あ、あ、あと。す、すこし」

自分を鼓舞するように口に出してみる。でも、ちっとも元気にはなれなかった。一晩中走り続け、魔窟ではモンスターと戦い、また夜通し走り続けた。もう体中熱くて、意識もハッキリしない。何故か俺の視界は、まるで四方から黒い影に覆われたように、酷くぼやけて見える。

「あ」

そう、掠れた声を上げた時には遅かった。俺は自らの足に引っかかり、その場に倒れた。頬が地面に触れた感覚がする。でも、それすら曖昧だ。ゆっくりと朝日が視界を照らす。俺の感情とは相反する程に良い天気だ。

きっと、もう初代様は行ってしまっただろう。俺は、初代様に置いて行かれたのだ。

「……う、じょだい、ざま」

朧《おぼろ》げだった視界が更に揺らぐ。どうやら、俺は泣いているらしい。そりゃあ泣きたくもなる。だって、俺は初代様と一緒に旅を続けたかったのだ。

「……だ、だめだ。お、きないと。もしかしたら、少しは…まってて、くれてる、かも」

そうだ。さすがの初代様も、俺が居ないのだから準備に手間取っているかもしれない。そうだ、きっとまだ間に合う。

そう、俺が腕に力を込めて体を起こそうとした時だ。

バタン。

「つえ、なん、で。立てない？」

腕に力が入らず、起こした上半身はすぐに地面に倒れ伏してしまった。じゃあ、足に力を入れて起き上がれば。

「あしが、もう、動かな…」

――少しでも遅れたら置いていく。

初代様の声がする。

何言ってんだ。這ってでも戻らなきゃ。もし置いて行かれたとしても、追いついて謝れば、またパーティに入れて貰えるかもしれない。だって、旅には荷物持ちが要るだろうし。食事だって作るヤツが必要だ。

俺はともかく、頭を「初代様はまだ村に居る」という想像でいっぱいにしながら、ほふく前進で進んだ。きっと今の俺の姿を初代様が見たら、「犬」ではなく「虫」と呼んだに違いない。

――おい、虫！

「……はは、言いそう」

こんなペースで村に向かったところで、意味がないと分かっていながら。俺は、置いて行かれるのが怖くて気絶する事すら出来なかった。今は、地面だけを見て体を引きずる事で精一杯だ。

「はぁっ。はぁ……あれ？」

しばらくすると、砂と泥しかなかった視界に、見慣れた足元が映り込んできた。

「よう、犬」

「しょだい、さま？」

顔を上げると、そこには見慣れた初代様のシルエットが見えた。もう視界が霞《かす》んでハッキリとその姿を映す事は叶わないが、それでも分かる。これは……初代様だ。

「お前《め》ぇが時間通りに来ねぇから、次の街に行くとこだ。偶然だな？」

「あ、あ。初代さま、すみませ。おそく、なり、ました」

「俺は遅れたらどうするって言った？」

初代様からの問いかけに、俺は声を震わせながら答えた。

「……おいて、いくと。いわれました」

「で、お前は、どうすんだ?」

……どうする、と問われ俺は朦朧とする頭で思案した。本当は「置いて行かないで」と言いたかった。けれど、そんなのは言えた義理ではない。だとすれば。

「あ、の。これ……」

「精製石か」

手に握りしめていた麻袋を、初代様の方へと差し出す。もう腕が少しも上がらない。だから、初代様の足元に袋を添えるように置いた。

頭が、酷く痛む。目が、もう殆ど見えない。

「遅れて、ごめん、なさい。俺、今。も、動けなくて」

「で?」

「また、がんば、って。追いつき、ます。だから」

「……おう」

「追いついたら、また、いっしょに、つれて、行って……く」

最後まで言い切る前に俺は意識を失った。

いや、もしかすると、この初代様も俺が作り上げた妄想の産物だったんじゃないだろうか。そうかもしれない。俺が初代様、初代様と考えすぎていたせいで、夢を見たのだ。だとしたら、良かった。初代様に会えるなら、夢でも嬉しい。

「しょだい、さま」

置いて行かないで欲しかった。〝最終的な所〟まで、初代様と一緒に居たかった。

俺は、何か温かいモノが頭に触れる感覚を遠くに感じながら、ずっと初代様の事を考えていた。

初代様には仲間が居ない。だから、俺は初代様の仲間になりたかった。

あぁ、初代様の匂いがする。

◇◆◇

遠くに、声が聞こえる。

「勇者様、まだ出発されないのですか？　……あら？　その背中の方は？」

お姫様の声だ。その声は、凛《りん》としていて凄く綺麗だ。さすがは、初代ヒロイン。この人が、シリーズ全てのゲームのヒロイン原型なのも頷ける。

「姫、今日は出発を見送りましょう。ツレの体調が悪いので」

連れ？　連れって誰だろう。誰の体調が悪いのだろう。ソイツのせいで、初代様は出発できないのか。

「……まったく、付き人の立場で体調管理もまともに出来ないなんて。勇者様、付き人を変えた方が良いのではないですか」

厳しい声だ。でも、確かにそうかもしれない。初代様に迷惑をかけるヤツは、パーティから追い出した方が良い。パーティ追放だ。よくあるやつじゃないか。

そう思ったと同時に、俺は自身の指先が微かに動くのを感じた。力無い指で必死に温かいナニかに縋《すが》りつく。すると、ヒクリとその温もりが揺れた。

「……おい」

「へ？」

初代様の声が聞こえる。酷く不機嫌そう……というか怒っている。これは旅の最初の頃によく聞いた声だ。冷たい、冷たい初代様の声。

「テメェが何文句言ってんだ」

「――あ、え？　勇者、様？」

「いいですか？　覚えておいてください。ツレに文句を言っていいのは……俺だけです」

「……っ」

ぼんやりとする意識の向こうで、お姫様が静かに息を呑む音がする。

「分かりましたか、姫？」

「……立場を弁えず、申し訳ございませんでした。そうですね、彼は私の従者ではないのに」

「分かって頂ければそれで良いのです。貴女とは、これから先も共に過ごす可能性が高いのですから。仲良くやりましょう」

どうやら会話は終わったらしい。再び体が揺れる。温かくて、良い匂いがする。気持ちの良い揺れまで加わって、俺は再び完全に意識を手放した。なんだか、天国に居るみたいだった。

◇◆◇

「おい、犬。さっさと準備しろ！」

「はい！」

結局、俺は置いて行かれずに済んだ。

昨夜、目が覚めると、俺は宿屋のベッドの中に居た。初代様によると、ギリギリで俺は村に間に合っていたらしい。宿屋で倒れた俺を、さすがに放っておく事も出来ず、一日出発を遅らせてくれたそうだ。

「初代様、ありがとうございました。今日からまた頑張ります」

「おう、励め」

短く言って部屋から出て行った初代様の後を、俺は荷物を抱えて追う。宿屋の外で待っていたお姫様は、チラと俺を見るとすぐに目を逸《そ》らした。いつもの事だ。

「行きましょうか、姫」

「はい、勇者様」

「お疲れの際は俺に言ってくださいね。いつでも俺が背負わせて頂きますから」

「大丈夫です。歩きます。自分の足で」

今日も今日とて画面が濃ゆい。

凜としたお姫様の表情と、精悍な顔つきでそれを見つめる初代様。そのお似合いっぷりときたら。さすがは、俺達【レジェンド】シリーズの勇者、全ての祖となる二人だ。

「……はぁ」

《初代様とお姫様は、凄くお似合い》

自分で書いたその一文を、俺はペンで乱暴に消した。

十：初代様には、敵は居ない！　リターンズ！

その後、俺達は無事に姫を城まで送り届ける事に成功した。あぁ、これで一軍女子との旅は無事に幕を閉じたワケだ。

ひゃっほう！　サイコー！

「勇者様、御武運をお祈りしております」

「ええ。姫も、ご健勝であられますよう」

「必ず……帰ってきてくださいね」

「もちろん。俺は生きて再び貴女の前に現れますよ。その時まで、待っていてくださいますか？」

「はい、ずっと待っています。私は、ずっと……」

目の前で、顔面強度最高値の二人が別れを惜しみ合っている。なんだかんだ、初代様もお姫様の事が気に入っていたのかもしれない。お姫様を見つめる顔は、酷く穏やかだった。

「……」

ただ、俺は視線をすぐに別の人物へと向ける。

姫の帰還を喜び、初代様に「よくやった」と満面の笑みを浮かべる人間。そんな相手に、俺は一瞬内ポケットに隠している短刀に手を伸ばしかけた。

王様。この腐れ外道め。

「お父様。勇者様は本当に勇敢で優しくて素敵な方なんです」

「そうか、そうか。やはり勇者とは素晴らしい人格者が成り得るモノなのだろう。我が娘を、本当にありがとう」

お前がわざとお姫様《娘》を攫わせて、初代様を殺そうとしたくせに。

よくもまぁ、いけしゃあしゃあと心にもない事が言えたモノだ。

「おや、そちらの彼は？」

王様の目が俺へと向けられた。吐き気がする。すると初代様は王様と俺の間を遮るように立つと、いつものあの言葉を言った。

「彼は俺の〝ツレ〟です」

◇◆◇

「オイ、犬。嬉しいか、また二人に戻ったぞ」

「はい！」

俺は二人に戻った旅路に、本気で嬉しくて頷いた。

「っは。犬のくせに、良い顔で笑うようになったじゃねぇか。お前、あの女苦手だったもんな」

別れた途端、あんなに別れを惜しみ合っていた相手を〝あの女〟扱いだ。でも、この初代様のあっさりした感じは、嫌いじゃない。こんな風に、物事に頓着しないからこそ、初代様はこんなに強いのだ。

「はい。これで初代様が無理して食事をしなくてよくなるので、嬉しいです！」

「……」

俺の言葉に初代様は「そうかよ」と顔を逸らして吐き捨てるように言った。その耳は、何故か、酷く真っ赤だった。

顔は向こうを向いたまま初代様の大きな手が、俺の頭を撫でる。まるで、本当に犬になった気分だ。

でも、初代様に撫でて貰えるなら〝仲間〟なんて贅沢《ぜいたく》な事は言わない。俺は〝犬〟で十分だ。

そこから、俺と初代様は二人で旅を続けた。年中吹雪《ふぶ》く氷の精霊の住まう山を越え、灼熱《しゃくねつ》のマグマの遺跡を探索し、時には空中都市なんてものにも行った。もう、いつでも魔王城には行ける筈なのに、初代様は色々と寄り道をしていった。

でも、その〝寄り道〟にホッとしている自分も居た。だって、俺はまだ初代様と旅がしたかったから。

「次は水中神殿ってヤツに行くぞ」

「はい！」

きっと、レベル上げとアイテム収集の為だろう。俺も決戦直前は、そうやってサブクエストの回収に奔走してきたものだ。

お陰で、俺も初代様も随分強くなったように思う。

そんな、最終決戦直前。

俺はこれまで以上に初代様に求められていた。たとえそれが、いつ敵が現れるとも知れぬ「ダンジョンの中」だとしても、だ。

「へぇ、ここ。さすが水中神殿っつーだけの事はあるな。湿度がヤベェ」

「っひ、ん」

「お前んナカもスゲェ、いつもより濡れてる」

「っぁ」

ガシリと初代様が俺の腰を摑む。そして、何度も何度も最奥を突かれた。あぁ、気持ちが良い。古代遺跡の中で、俺達は一体どれほど体を繋げたのだろう。もう、分からない。

「おいっ、犬。キモチイイかよっ！」

「っは、ぃ……っはぅっ！」

初代様はお姫様にしか種を蒔かないと言っていた。後々面倒になるから、と。けれど、その点俺にはそんな心配は無用だ。俺は、男だからどんなに種を蒔いても子供なんて出来ない。

だから、初代様の性欲処理にはとてつもなく適任だっただろう。

俺、男で本当に良かった。

「おいっ！　こっち向け！」

「あぃっ。んっ」

ただ、おかしな事に初代様は腰を振る時、決まってうわごとのように俺に「孕《はら》め」と連呼してくる。

まぁ、孕まないと分かれば、むしろ安心して口に出せるのかもしれない。なので、そんな時も俺はきちんと「はい」と返事をする。

そうすると、初代様はとても機嫌が良くなるのだ。

「っは、孕め。おい。お前が俺のガキを産むんだ……なぁ。おい、返事っ」

「っひ！　は、いっ……っん」

「はい」と頷いた瞬間、初代様によって口が塞がれた。口の中に初代様の温かい舌が入り込んでくるのがたまらなく気持ち良い。そういえば、いつからこうして初代様にキスをして貰えるようになったのだろう。

もう思い出せない。

「っは、っは……おい、犬。舌。絡めろ。そしたら、その後は俺のに付いて来い。出来るか？　お前、付いて来んのは得意だろ？」

「っひぁ、っはい」

下手くそな俺に、初代さまは面倒だろうにイチイチ指示を出してくれる。だから、俺も安心して動ける。そして、安心だからこそ――。

「んんんっ！」

最高に、気持ち良くなれるのだ。

「おい、犬。お前、キスだけでイったのかよ」

「……ぁ、い」

「良い子だ」

「っぅ」

そういえば、あの人は。

初代様に頭を撫でて貰いながら、俺は、ふと思い出した。不良の彼は、絶対にキスなんかしなかったな、と。

そんな風に、二人での旅の楽しさにどっぷりとつかっているうちに、いつの間にか魔王城に到達してしまった。なにせ、俺達が世界で行った事のない場所が、ソコ以外なくなってしまったのだ。さすがに、そろそろ魔王を倒さねばならない。

そして、楽しい時間はあっという間とはよく言ったもので。

「……マジかよ。ヨワ」

気付けば、初代様はアッサリと魔王を倒していた。俺の出る幕など一瞬もなかった。それほどまでに、初代様は強くなっていたのだ。

あぁ、とうとう旅が終わってしまった。

――初代様の〝最終的〟な所まで、俺も一緒に付いて行かせてください。

きっと、ここがその最終的な所、だ。

「あ、」

魔王から流れ出るおびただしい血の海の中に、初代様が一人で立っている。そんな初代様を見ていられなくて、俺は勢いよく初代様の元へと走った。

ずっと、二人で旅をしてきたんだ。初代様を、一人であんな場所に立たせたくない。

「初代様！」

俺達は、ずっと二人だったのだから。

「初代様。やっと魔王を倒せましたね。全部一人で……本当に凄いです」

「あ？　当たり前だろうが。俺を誰だと思ってんだ」

語彙《ごい》力もコミュ力もないが、必死に初代様に賛辞を贈る。そんな俺の言葉にも初代様はいつものように乱暴に答えた。でも、物凄く笑顔だ。

「初代様、怪我はありませんか？　ヒールは？」

「あ？　こんなモン怪我に入んねぇよ！　何かにつけて、ヒールを無駄打ちすんなって何回言ゃ分かんだ！　馬鹿かよ、テメェは」

初代様の腕の所に少しだけ血が滲んでいるのが見えた。でも、ヒールをかけようとしたら怒られてしまった。俺にとって初代様の傷を癒す事は、無駄打ちでもなんでもないのだが。

「これで初代様もやっとお姫様と結婚できますね。おめでとうございます」

「あぁ。早いとこあの女と結婚して王位を簒奪《さんだつ》してやる。そしたら、全部俺の思い通りだ！」

初代様の目的は、出会った頃とまったく変わっていなかった。初代様のこういう一途《いちず》なところが、俺は好きだ。簒奪なんて言ってはいるが、彼ならきっと良い王になるのだろう。

「まぁ、テメェも少しは役に立ったからな。俺が王様になったら、何か褒美をくれてやるよ。特別だ、言ってみろ」

「俺にも褒美を？　いいです、いいです。俺、何もしてません。全部、初代様が一人で頑張ってこられたんです。俺は、此処まで一緒に連れてきて貰えただけで十分なんです」

いつの間にか、俺にもこんな風に笑ってくれるようになった。結局、誰かに紹介して貰う時は〝ツレ〟としか呼んで貰えなかったが、俺はコレだけで十分だ。

あぁ、初代様。嬉しそう。幸せそう。初代様の弾けるような笑顔に、俺は思った。

きっと、初代様はもう闇落ちなんてしない。俺の役目は本当に終わってしまったんだ、と。

「俺。初代様との旅が、人生で一番楽しかったです」

「っは、俺は別にそうでもなかったけどな」

「はい」

そう言って、初代様は俺から顔を逸らした。やっぱり、初代様の耳は凄く赤かった。

◇◆◇

魔王を倒し、国に戻るとそこからはとんとん拍子だった。

初代様の凱旋《がいせん》パレード、お姫様と初代様との正式な婚約、そして結婚式までもが、目まぐるしく決まっていく。俺はあまりの展開の早さに、元の時代へ帰るタイミングを完全に逸していた。

「おい、犬。今晩は俺の部屋に来い」

「は、はい！」

加えて、国に戻っても、初代様は毎晩俺を抱いていたのだ。どうやら、姫と婚約していても、正式な夫婦になるまでは部屋を同じに出来ないらしい。

親の目が近くにあると、厳しいモノである。

それに昼間も、初代様はともかく俺を連れまわした。どこに行くにも連れて行かれ、相手が俺を見て首を傾げると、やはり〝ツレ〟と紹介される。

だから、全然帰るタイミングがない――

なんて、そんなのは俺の言い訳に過ぎない。

「帰りたく、ないなぁ」

そう、俺は元の世界に帰りたくなかった。このままずっと、初代様の近くに居て初代様の望む事を全身全霊で叶えて生きていきたい。これが俺の中にハッキリと芽生えた、確固たる意志だった。ただ、これは俺の〝甘え〟だ。俺は初代様の傍に居ると〝楽〟できるから、そう思っているに違いない。

それなのに、俺は元の時代に帰らないのを初代様のせいにしてる。サイテーだ。

――頼む、過去を変えて。俺達を助けにきてくれっ。

でも、最後の召喚士の言葉が、俺の耳について離れない。ここで、俺が自分の我儘《わがまま》の為にこの世界に居座ったら、あの時代はどうなる？　仲間の命は？

俺に「戻らない」なんて選択肢は、そもそもハナっからないのだ。

そんな折。初代様とお姫様の結婚式の前日の事だ。初代様が俺の部屋に来た。今日は此処で抱かれるのだろうか？　なんて、おめでたい俺の思考は、次の瞬間勢いよく打ち砕かれた。

「今日は俺の部屋には来なくていい」

「え？」

「結婚前夜は夫婦一緒に過ごすのがしきたりなんだと」

「……は、はい」

「明らかにショック受けてんじゃねぇよ。面倒くせぇ」

「はい」

来なくていいと言われ、明らかに戸惑う俺に、初代様が何やら嬉しそうに笑った。そりゃあそうだ。待ちに待ったお姫様との夜の時間だ。楽しみじゃないワケないだろう。

あぁ、だとすれば今晩。俺は自由なのか。

そうか……じゃあ、帰れるわけだ。

「ま、結婚してもたまにはテメェも抱いてやるよ。どうだ、嬉しいだろ？」

「……」

こんな会話、以前もどこかでした気がする。

いつものように生意気そうな目で此方を見てくる初代様は、やはり物凄く機嫌が良い。ずっとニコニコしている。俺は初めて、初代様の嬉しそうな顔を少しだけうらめしく思った。

たまには抱いてやる。その〝たまには〟が訪れる時、俺は此処には居ない。そう、俺が黙りこくっていると、初代様が少しばかり苛立ったように言った。

「おい、返事。忘れてんじゃねぇよ。お前、俺に結婚して欲しくねぇなんて面倒くせぇ事を考えてんじゃねぇだろうな。ダリィからそういうのやめろよな」

「いいえ、そんな事は」

「じゃあ、返事」

そう言われたら、嘘でも俺はこう言わざるを得ない。

「はい」

二度と来ない〝たまには〟に、俺は空虚な気持ちを抱きながら頷いた。

そして、初代様が俺に背を向けようとした時、これで最後だと初代様に声をかけた。

「初代様、お幸せに。俺、貴方と旅が出来て良かったです」

「なんだよ、改まって」

「あの、子供、たくさん作ってください」

「余計なお世話だ。まぁ、言われなくても作ってやるよ」

「えっと……明日の結婚式晴れるといいですね」

「どーでもいいわ」

初代様と離れ難くて、陰キャなりにどうにか頑張って言葉を繋いでみたつもりだった。しかし、いつもの通り、初代様はどうでも良さそうだ。

成す術なく口をつぐんでいると、突然俺の頭に固いモノが触れた。初代様の手だ。最近、初代様は俺の頭を撫でてくれる。

でも、それもコレで最後だ。

「オメェのつまんねぇ話は、また明日にでも聞いてやるよ」

「……はい」

言うや否や、初代様はクルリと背中を向けた。しかし、髪の毛の間から覗く耳は、やはり少しだけ赤かった。

驚いた。まさか、結婚した後も俺のつまらない話を聞いてくれようとするなんて。そしてそれと同時に、ハッキリ嬉しいとも感じた。

初代様の背中を食い入るように見つめる。これが、本当に最後だ。

「初代様、お元気で」

今日は、お姫様との初めての夜。きっと、男の俺なんかよりも、気持ちがいいに違いない。

もし、これから先〝たまには〟の時に、俺が傍に居たとしても、女を自由に抱けるようになった初代様は、きっと男の俺なんか抱かないのだろう。それはそれで、寂しいなんて思ってしまう俺は、どうかしている。

俺は一人、部屋に戻ると〝あの本〟に手をかけた。エンディングの余韻に浸るように、本の頁をゆっくり捲っていく。

書く事がないなんて言っていた割に、結局全ての頁を隙間なく埋めきってしまった。それほどに、初代様との旅は楽しかった。これがゲームで、この本が本当にセーブデータなら好きな頁に戻る《ロード》事が出来るのに。

「……あ」

そして、中盤以降事あるごとに書かれている言葉に、俺は頁を捲るたびに自覚せざるを得なくなった。

《初代様は強くて格好良い。好きだ》

《初代様は俺の事をなんでも分かってくれる。好きだ》

《初代様が最近よく頭を撫でてくれる。嬉しい。好きだ》

好きだ。好きだ。好きだ。

俺は初代様が本当に好きだった。いや、今も好きだ。もちろんそう。

だから、離れたくないと思った。ずっと一緒に居たいと思った。勇者じゃなければ良かったのにと思った。お姫様と並んでいる姿を見ていられなくて、何度も目を逸らした。今夜、お姫様を抱くであろう初代様を思い、嬉しそうな彼の姿をうらめしく思った。初代様の子供をたくさん産めるお姫様に嫉妬した。

ずっと初代様の幸せを願っていた筈なのに……俺なんか忘れて幸せになっていく初代様の未来に、俺は――。

「……俺は、サイテーだ」

もう二度と、初代様と旅をする日々は訪れないだろう。人生で一番楽しかった時間は、終わった。

ここはゲームの世界だけど、ゲームじゃない。この正解もまた、現実だ。都合の良いロードは存在しない。本来、時間は前にしか進まないのだから。

最後の頁に行き着いた。時間稼ぎもここまでだ。

「……帰ろう」

俺は言い聞かせるように呟くと、最後の頁に手をかけ――。

初代様の結婚前夜。俺は元の時代に戻った。

十一：初代様は幸せになれない！

◇◆◇

「え」

目の前に現れた光景に、俺は思わず呆《ほう》けた声を上げた。

「あれ？　勇者？　まだ、此処に居たのか？　え？　まさか、俺が何か失敗したのか？　いや、待て。そんな事はない。マナはきちんと減っている。じゃあ、なぜ」

「召喚士！　早くしろ！」

「私達も、もう限界よ！」

「つぐあっ！」

「きゃあぁっ！」

目の前では、〝あの時〟のままの光景が再び広がっていた。魔王の前に、仲間達が倒れ伏し、召喚士が俺に向かって本を掲げている。ただ、その顔は酷く混乱しているようだ。しかし、それは俺だって同じだ。

なんで、なんで、どうして？

「え？　なんで、初代様が……魔王に？」

「は？」

動揺する俺に、召喚士が眼鏡の奥の目を見開いて俺を見た。

俺はてっきり、こちらの時代に戻ると同時に、〝全て何もなかった事〟にされるモノだとばかり思っていた。なにせ、初代様が闇落ちしなければ、魔王は生まれない。魔王が生まれなければ、この時代の勇者は必要なくなる。

なので、物語のセオリー的にはこの仲間達との記憶も、初代様との記憶も全部失って、平和な世界で普通の生活を送る、というちょっぴり切ないエンディングを迎えるのかな。

なんていうのが、俺の予想だったのに。

「……おい、勇者。まさかお前、過去から……もう、戻ってきたのか？」

そう、召喚士から絶望した表情で問われれば、俺はもうただただ頷く事しか出来なかった。

「何も、変わってないぞ……？」

頷く。

「もう、お前を再び過去へ送る魔力は残っていない」

頷く。

「もう、終わりだ」

召喚士が持っていた本を落とし、その場にペタリと座り込んでしまった。俺達のやり取りに、魔王の周囲で倒れ伏していた仲間達からも「そんな……」という、絶望を帯びた声が聞こえてきた。

皆、完全に絶望している。

「……なんで？」

俺はゆるりと魔王を、いや。初代様を見た。

どうして、闇落ちなんてしてしまったのだろう。あんなに幸せそうだったのに。旅も楽しそうで、暗殺者も俺が殺したから、初代様は国に裏切られていた事も知らない筈だ。

「初代様……、何があったんですか？」

ソロリソロリと甲冑に身を包む、初代様へと近寄った。

望み通り王様にもなって、望み通りお姫様とも結婚した。俺がここに居るって事は、きっと子供もたくさん作ったのだろう。王様になったら、今度こそ女の人とヤりまくるんだって、俺を抱いた後には、必ず口にしていた。

「初代様、何か、悲しいことが、ありましたか？」

どこで間違ったのだろう。

俺は精一杯やったと思った。この世界を救うよりも、初代様が幸せになってくれればと出来る事は全部やったと思っていたのに。

「……なんだ。俺は、初代様の為に、何も、出来なかったのか」

つまりはそういう事だ。

結局、俺がどう足掻《あが》こうと、初代様は闇落ちして魔王になった。それほどの悲しみと苦しみが、あの後、初代様を襲ったという事だ。

──俺は、サイテーだ。

つい先程、俺は初代様の幸せを心の底から拒んでしまった。でも、不幸になって欲しかったワケじゃない。それは本当だ。だって、今こうして魔王に闇落ちしてしまった彼を前に、俺は腹の底から怒りを覚えているのだから。

「ぁ、あ……」

どういう理不尽だ！　この世は鬼か！　悪魔か！　世界は初代様に対して厳しすぎる！　なんで〝最終的〟に幸せにしてやれない!?

「ううっ！　しょだいざま、ごめなざいっ！」

「……」

俺は初代様の足元で泣き崩れると、申し訳なさすぎて泣きながら土下座した。もうこの際だ。潔く初代様に殺されよう。それで、少しでも初代様の腹の虫が治まるなら安いモノだ。

しかし、初代様は一向に俺を攻撃してこようとはしない。急に泣き出した勇者に、戸惑っているのだろうか。あぁ、初代様。

「ごめぇん。ごめんなざぁい」

「……」

初代様は、俺のことを少しでも覚えていてくれているだろうか。そう思った時だった。

「おい、犬」

「っ！」

聞き慣れた声が俺の耳に響いてきた。

その声は、ハッキリとした口調で〝犬〟と言った。

「勝手にどこ行ってやがった」

土下座する俺の髪の毛が、何やら温かいモノでソッと掴み上げられた。懐かしい。これは俺が土下座をすると、決まって初代様がしてくれるヤツだ。

「……初代様？」

真っ黒い甲冑の奥から覗くのは、よく見慣れた、あの初代様の琥珀色の瞳だった。

エピローグ：初代様には、

「おい、犬。こっちに来い」

「はい！」

初代様が俺を呼ぶ。俺はそれに「はい」と返事をする。

俺達の旅は、完全に終わりを迎えたのだ。

◇◆◇

結局、俺達勇者一行は魔王を倒す事が出来なかった。

仲間は全員地に伏し、勇者の俺に至っては、魔王に土下座するという地獄絵図が繰り広げられる中、魔王は……いや、初代様はエクスカリバーを捨てた。

カランと床に剣の落ちる音がする。

それと同時に、初代様の全身を包んでいた真っ黒い甲冑が消え去っていた。目の前に、一緒に旅をしていた頃のままの初代様の姿が現れる。

『犬、やっと戻ってきたか』

『初代様……？』

初代様の驚くほど熱っぽい視線が、俺の視線を絡めとる。初代様の手が、スルスルと優しく顎の下を撫でる。気持ち良い。

『ここまで、長かった』

『……？』

なんだろう。コレが、闇落ちしている人間の目だろうか。それにしては、その目はあまりにも幸福と肉欲に満ちている。

そして、初代様はなんて事ない顔で言った。

『腹減った。おい、犬。メシ』

それを聞いた途端。俺は、とっさにいつもの返事をしていた。

『はい』

◇◆◇

そして、現在。

俺は仲間達に別れを告げ、この魔王城で初代様の身の回りの世話をして暮らしている。とても、毎日が楽しい。充実している。人生で、一番楽しいかもしれない。

「あ、あの。初代様、何をしましょう」

「俺の上に乗れ」

「どのように乗ったらいいでしょう」

「あー、めんどくせぇ。分かんだろ」

「あ、すみません。えっと、分かりません」

「……俺を足の間に挟んで跨《また》げ」

「はい」

俺の察しが悪いせいで、初代様を苛つかせてしまった。ただ、その顔を見てみれば、それほど怒っているワケではなさそうだ。良かった。

その言葉に、俺はソファに腰かける初代様の上に跨《また》がるように座った。これで合っているだろうか。

「おい、ちゃんと体重をかけろ」

「そんな事をしたら重いです」

「こんなひょろひょろのテメェのどこが重いんだ。早くケツを乗せろ」

「はい」

言われた通り、初代様の太腿《ふともも》の上に跨ぐように座った。すると、腰を下ろした瞬間。初代様がボソリとした声で「重い」なんて言う。その言葉に、とっさに体をどかそうと身をよじった。なんだ、やっぱり重いんじゃないか。

「勝手に動いてんじゃねぇ」

「でも、今重いって」

「……重いのがいいんだろうが」

初代様はソファの背もたれに体重をかけながら、俺の後頭部に大きくて温かな手を添えた。ゆっくり撫でられる。気持ちがいい。

「あー、犬。お前、ここに〝居る〟な」

「はい」

「急に居なくなりやがって。俺があの後、どんだけ大変だったか」

初代様の首筋に顔を埋《うず》めながら、耳元で響く声に耳を傾けた。すぐ近くに見える初代様の耳はもうずっと真っ赤だ。

そういえば、あれよあれよという間に、今のような状態になってしまってはいるが、初代様はどうして魔王になんてなったのだろう。

きっと、よっぽど辛い事があったに違いない。

「あの後、何があったんですか？」

「あ？　食えねぇ飯ばっか出されるし。お節介女はずっとお節介で面倒クセェし。別の女抱いても、やっぱ女は大した事ねぇし。王様なんて面倒くせぇだけだったし……」

――お前は居ねぇし。

「っ！」

耳を疑った。俺が居ない。初代様の中での「大変な事」の中に、俺が入っている事が驚きだった。

そうやって驚きを隠せずにいる俺の耳に、初代様の言葉が続く。

「お前は呼んでも来ねぇし。お前の飯は食えねぇし。お前を抱けねぇし。お前が居ないと落ち着かねぇし。お前の声が聞こえねぇと腹立つし。お前じゃないヤツを抱いても、全然気持ち良くねぇし」

おおよそ、初代様とは思えない程、弱弱しくボソボソとした声だった。そして、俺の真横にある初代様の耳は、これまで見た事がない程に、真っ赤に染まり切っていた。これは、大丈夫だろうか。

しかし、まだまだ初代様の言葉は続く。

「探しても探してもお前は居ねぇし。お前の部屋にあった本を調べてみたら、どうやら俺の時代のモンじゃねぇ事が分かるし。調べて調べて調べて調べて。お前がスゲェ未来から来た俺の子孫だって事が分かるし。またお前に会う為に、気持ち良くもねぇセックスをしまくって種をばらまきまくったし。この時代まで……死なねぇ為に、悪魔と契約して魔王になったし」

なんだか、凄い事を言われている気がする。というか、初代様はたった一冊の本を手がかりにして、全てを調べ尽くしたというのか。

そりゃあもう、さすがというか何というか。

「え？」

待て、じゃあなんだ。初代様が魔王になったのは、もしかして——。

「お前が居なくて、寂しかった」

「っ！」

俺の背中に初代様の手が回され、体に縋るようにしがみ付かれた。この人は、俺なんかよりずっと大きいのに、随分小さく感じた。

「俺に会う為に、初代様は魔王になったんですか？」

返事はない。

けれど、俺を抱き締める腕に更に力が籠《こも》ったのが分かった。初代様の耳は、もう言わずもがなだ。

俺は何も指示を受けていないにもかかわらず、初代様の背中に腕を回した。余計な事をして怒られないだろうか？　なんて、そんな野暮な思考は、俺の脳内にはもう欠片も生まれてこない。

「初代様」

「なんだ」

「さみしいおもいをさせて、ごめんなさい」

「そうだな。でもいい。もう仕置きも終わった」

「え？」

初代様は静かに言うと、俺の服の中に手を滑り込ませた。先程から、固いモノが俺の尻に当たっている。結婚式前夜に約束した〝たまには〟が、やっと俺に巡ってきた。

「この腹の傷は、一生消えねぇだろ」

「はい」

「痛かっただろ」

「はい」

「……じゃあこれで、許してやるよ」

初代様はそれだけ言うと、そのまま俺を押し倒して触れるだけのキスをした。目に映る初代様は、耳どころか顔中真っ赤だった。でも、それは俺も同じだ。

「犬、お前顔真っ赤じゃねぇか」

「はい」

「可愛い犬」

「はい」

あぁ、嬉しい嬉しい嬉しい嬉しい。

今が人生で一番楽しい。なにせ、そうなのだ。

初代様には、俺しか居ない！

初代様の長い長い旅路

一・・旅の終わり

俺は、ずっと一人だった。

「初代様。やっと魔王を倒せましたね。全部一人で……本当に凄《すご》いです」

〝犬〟が俺の元に走ってくる。

倒した魔王の亡骸《なきがら》から出てきた、汚らしい血が周囲に跳ねた。しかし、コイツは足元が汚れるのなんてまったく気にした様子はない。本当に犬のようだ。

「初代様、怪我《けが》はありませんか？　ヒールは？」

コイツは、何故《なぜ》か旅の途中で俺に付いて来るようになった人間だ。名前は分からない。何故かというと、ずっと俺は、ソイツの事を〝犬〟と呼んでいたからだ。

しかし、そんな事を言っている俺自身にも名前なんてモノはない。周りの人間は皆、俺の事を〝勇者〟と呼ぶ。神託の石板に、そう書かれていたからだ。

しかし、この犬だけは違った。

「これで初代様もやっとお姫様と結婚できますね。おめでとうございます」

何故か、俺の事をずっと〝初代様〟とかいうワケの分からない呼び名で呼んだ。俺が一体なんの初代だと言うんだ。ワケが分からん。

しかし、コイツの言う〝初代様〟が、俺は嫌いではなかった。コイツの前でだけは、俺は〝勇者〟ではなかった。

「俺にも褒美を？　いいです、いいです。俺、何もしてません。全部、初代様が一人で頑張《がんば》ってこられたんです。俺は、此処《ここ》まで一緒に連れてきて貰《もら》えただけで十分なんです」

そして、犬はどこに行くにも、ずっと俺に付いて来た。そこがどんな危険な場所でも。理不尽な要求をされても。人を殺す事になっても。俺が、どんなに嫌なヤツでも。

この犬だけは、俺にとって唯一の〝自由〟だった。

「初代様、お幸せに。俺、貴方《あなた》と旅が出来て良かったです」

「あの、子供、たくさん作ってください」

「えっと……明日の結婚式晴れるといいですね」

俺がこの国の姫と結婚する前日。

必死に俺の気を引こうとしてくる犬に対し、俺はその頭を撫《な》でてやった。気持ちを隠さずに言うならば「犬が可愛《かわい》く見えたから」だ。

でも、絶対にそんな事は言ってやらない。言えば犬が調子に乗る。上下関係はしっかり分からせておかないと。

また明日にでも聞いてやる、と言って、俺は犬に背を向けた。明日がある、明後日《あさって》もある。なにせこの〝犬〟は俺のモノだ。

俺が居ないと生きていけない、グズで、ノロマで、間抜けで、可愛い犬。そう思っていたのに――。

「は？」

犬が勝手にどこかへ行ってしまった。

「今朝、お部屋に食事をお持ちした時には、既にいらっしゃいませんでした」

「なん、だと」

俺とお節介女の結婚式の当日。本当なら、俺は犬の部屋になど寄っている暇などないのだが、昨日の犬の様子が気になって気付けばこの部屋に来ていた。

昨夜、俺は生まれて初めて女を抱いた。

女の抱き心地は、一体どんなモンかと心底期待していたが、期待しすぎていたのか、大した事はなかった。なんなら、全部コッチが主導して動いて、何から何まで気を遣って動かねぇといけない分、ダルいとさえ思った。

『私、勇者様とこうして一つになれて……本当に嬉《うれ》しいです』

いや、俺は疲れた。そんな、喉の奥まで出かかった言葉を我慢するのに、俺は必死だった。ひとまず、笑顔で『俺もです』と心無い台詞《せりふ》を吐くだけで精一杯だ。

驚いた事に、犬とのセックスの方が俺にとっては断然気持ち良かったのである。これは、あの箱入りお節介女だからそう感じてしまったのか、他の女だとまた違った感想になるのか。今後、試す必要がある。

ひとまず、今晩は犬を抱く。正直不完全燃焼で腹の奥がくすぶって仕方がない。ハッキリ言えば、欲求不満だったのだ。

だから、今晩は俺の部屋で待っていろと伝えにきた筈《はず》だったのに。

「姿を見た者は？」

「いいえ。お連れ様を見た者は居ないそうです」

「あ？」

その瞬間、俺は自分の口から低い声が漏れるのを聞いた。

「おい、誰が〝お連れ様〟だ」

「え？　……っひ！」

俺は傍らに立つメイドを見下ろした。短い悲鳴が、聞こえる。俺は今、どんな顔をしているというのだろうか。

「お連れ様じゃない。ツレだ」

「……え？」

「今後、言い間違える事のないように」

短くそれだけ言うと、メイドに背を向けた。犬が居ないなら、長居は無用だ。俺も忙しい。

アイツは〝お連れ様〟じゃない。ツレだ。俺の「連れ合い」。

「俺は王になる男だ。別に何人伴侶が居ても何も問題はねぇだろ」

連れ合い。伴侶。

ツレ、と俺が口にする時。俺はいつだってそう思っていた。別に、誰に説明するワケでもねぇけどな。

◇◆◇

クソつまらねぇ結婚式は、晴天の下、盛大に行われた。

城のバルコニーに立つ。俺の眼下にはゴミのように集まる人、人、人。あぁ、コイツら全員俺が守ってやったんだ。

粛々とお披露目《ひろめ》やら式やらは、形式通りに堅苦しく進んでいく。それなのに、犬は俺の視界のどこにも映り込んでこない。一体何をしているというんだ。

お前は俺の犬だろう。なんで、見える所に居ない。自覚が足りなさすぎる。これは今晩仕置きをしてやる必要があるな。

「どこだ？」

式も無事に終わり、俺はその足で、犬を探す為《ため》に城中を歩き回った。でも、どんなに探しても犬は見つからなかった。

「おい、どこだよ。どこ行った」

犬は突然俺の前に現れて、突然居なくなった。

「なんで。なぁ、なんでだよ？　俺が結婚したから、ショックで引きこもったのか？」

犬が最後に居た部屋で、俺は何か手がかりがないかと必死に探した。しかし、その部屋に残っていたのは一冊の本だけだった。

「これは……犬の、日記か？」

頁《ページ》を捲《めく》ってみるが、やはり中身は欠片《かけら》も読めない。ただ、最後の頁だけは不自然に破り捨てられていた。この本は一体なんなんだ。

何かは分からない。分からないのだが、その破り捨てられた頁を見た瞬間、何故か悟った。俺はもう二度と犬には会えないのだ、と。腹の奥からせり上がってくるような恐怖と共に、ハッキリと理解したのだ。

「なぁ。昨日抱いてやれば、お前は逃げなかったのか？」

犬は、相当おかしなヤツだった。

俺の旅に同行したいと無理やりくっ付いてきた。最初はウゼェと思った。弱いヤツが付いてくるなんて、邪魔以外の何でもないからだ。

それに、俺は誰かに意見されるのも、誰かに合わせて動くなんてのも、大嫌いだった。だから、一人が良かったのに。

「腹減った。メシは。どうすんだよ。俺のメシ。なぁ、おい」

けど、犬は驚くほど俺に意見などしなかった。俺が言った事には絶対に服従する。俺が右と言えば右を向き、左と言えば左を向く。

どんな無理難題も、俺が言えば確実にこなす。フェラもセックスも、何の躊躇《ためら》いもなくやってみせる。

「お前、最後まで俺に付いてくるんじゃなかったのかよ。お前の言う〝最後〟は、ここまでかよ。なぁ、なぁ、なぁ。おい、返事！」

そう、叱《しか》りつけるように大声で叫んでやっているのに、もちろん返事はない。これを言えば、犬はどんな事にも「はい」と頷《うなず》いてくれていたのに。

——っふぅうっ、ごめぇっ。

「っ！」

突然、犬の泣き声が耳の奥で響いてきた気がした。旅の途中、犬はたまに俺の前で泣くようになった。最初はいつだったたか。そうだ。あのお節介女に迫られて、抱くか抱かないかの瀬戸際の時だった。

あの晩も、犬は俺の為にスープを作ってくれていた。しかし、間の悪い事に、犬はあのお節介女に怒鳴られ、部屋から追い出される羽目になったのだ。ただ、あんなに慌てていたにもかかわらず、作ったスープは律義に置いていくのだから面白《おもしろ》い。

『勇者様。私の全てを、貴方に捧げます』

この期に及んで、まだヤろうとしてくるお節介女に、俺はまぁひとまず一発ヤってみるかと思ったのだが。

「腹減ったなぁ。なぁ、飯作れよ。城の飯が口に合わねぇんだよ。食えねぇモンばっかでよ」

腹が鳴った。今も、〝あの時〟も。

吐いた直後で、胃の中は空っぽだった。そんな中、アイツの置いていったスープの美味《うま》そうな匂いのする部屋。その瞬間、完全に性欲より食欲が勝ってしまった。

『姫、貴女《あなた》との夜は……もっと大切にしたい』

嘘《うそ》だ。もう腹が減ってヤるどころの騒ぎではなかった。どうにかしてあのお節介女をあしらい、俺はやっと犬の置いて行ったスープを飲み干した。

あぁ、こんなモンじゃ足りない。

空になった皿を手に、俺は逃げ出した犬を追った。そこで、俺は信じられないモノを目にした。

「犬……。この城で、信じられんのはお前だけだったんだぞ。俺をこんな所に一人にしてんじゃねぇよ」

――初代様は、絶対に殺させない。

そう言って、アイツはいとも簡単に人間を殺した。殺す事に一切の躊躇いがない。どうやら俺は、そもそも人間側に裏切られていたらしい。暗殺者は、身内から出ていたワケだ。

けど、その時の俺にとって、そんな事はどうでも良かった。

腹が減っていたから犬を探しにきたのに、完全に空腹など吹っ飛んでいた。その瞬間俺の体を支配していたモノ。それは完全なる〝性欲〟だった。

——王様、バカかよ。

そう吐き捨てるように言ったアイツの横顔に、たまらなく興奮した。いつもは情けない顔しかしないくせに。

そうか。アイツは、俺の為なら躊躇《ちゅうちょ》なく人まで殺せるのか。

「どこ行った、犬。腹減った。抱きたい。全部、足りねぇ」

処理しろと言ったら、俺のモンを躊躇いなく咥《くわ》えてみせた。どうやら、昔の男のモンも咥えていたようで腹が立ったので、後ろに突っ込んでやった。コッチは初めてらしい。立った腹も、少しだけ治まった。

「あぁ、疲れた。何だコレ……ワケわかんねぇ。どこ行ったんだよ。なぁ、犬」

セックスしながら、アイツの髪の毛にベッタリと付いていた返り血が、俺の手にも付く。気付かれないように、ソッと自分の服で拭った。俺の為に、この犬は人間を殺す。その事実に興奮する俺を、アイツにバレないようにする為に。

「……あぁ、辛《つら》い」

——俺。初代様との旅が、人生で一番楽しかったです。

あぁ、そうか。

「俺も、そうだったみたいだ」

間違っていた。犬には俺しか居ないんじゃない。〝俺〟には、犬しか居なかったんだ。

「寂《さみ》しい」

誰も居なくなった犬の部屋で、たった一つの手がかりである本を片手に、俺は、静かに泣いた。

その日から、俺の地獄は始まった。

「……どこ行った、犬。おい、どこだ」

犬が居なくなった晩から、俺は毎日、最後に犬が使っていた部屋を訪れていた。

俺はたった一人、犬の居なくなった世界で一冊の本を捲る。俺の知らない文字で綴《つづ》られたこの本は、アイツが常に肌身離さず持っていたモノだ。

コレしか、アイツは残さなかった。コレしか、アイツの手がかりはない。

「……クソが」

毎晩、毎晩。ページを捲りながら思い出す。

犬と二人で旅をした、あの日々の事を。

二・俺のツレに口を出すな！

あれは、姫と別れた後の道中だったたか。

その日、犬と俺は西の果てにある、小さな村を訪れていた。

この村は穀物を育てて生計を立てている有名な村だと聞いていたが、訪れてみれば驚くほど活気がなかった。特産品があるような豊潤な土壌に恵まれているにもかかわらず、村人達は見るからに貧しさにあえいでいる様子だ。

「どうしましょう。初代様」

「あぁ、ひとまず宿を探すか」

犬とそんな事を話していると、明らかに村人とは異なる身なりの人間がやって来た。

「勇者様。ようこそいらっしゃいました。我が主様《あるじ》が、お会いしたいとの事です」

どうやら、勇者が来たという情報を聞きつけた地主の遣いが、俺達を迎えにきたようだった。こういう時、勇者という肩書は本当に助かる。どこへ行っても無条件で歓迎されるからだ。

「さぁ、こちらへどうぞ」

「……ありがとうございます」

しかし、俺達を見つめる村人達の目には、誰一人として〝勇者〟を歓迎している様子はなかった。

◇◆◇

「ようこそいらっしゃいました！　勇者様」

俺達が案内されたのは、村の奥にそびえる、そりゃあもう立派な屋敷だった。これまで通ってきた村人達の住む家とは大違いだ。もちろん、出迎える地主もそれに見合ったギラついた格好をしている、酷《ひど》く太った男だった。明らかに成金。趣味が悪い。

「いいえ。おもてなし、ありがとうございます」

「……あの、勇者様。そちらの方は」

すると、俺の後ろで小さく頭を下げていた犬を見て、地主は眉を顰《ひそ》めた。あ、なんだ。俺の犬になんか文句あんのか。

「あぁ、彼は俺のツレです。お気になさらず」

「……そうですか」

本心を隠し、分厚い笑顔の仮面でサラリとかわす。だが、そんな俺に地主は最後まで怪訝《けげん》そうな表情を浮かべ、犬にも一瞥《いちべつ》をくれるだけだった。

どうやら犬も、地主のあからさまな態度に思うところがあったのだろう。何も言いはしないが、俺の後ろに綺麗《きれい》に隠れた。真後ろに犬の気配がピタリと付く。悪くない。

しかし、少し歩いたところで、地主はハッキリと言った。

「さぁ、勇者様はこちらへ……あぁ、お連れ様は、先にお部屋へご案内します。さ、お連れ様をお部屋へ」

「え？」

俺の後ろで犬が驚いた声を上げる。どうして自分だけ、という気持ちが透けて見える声だ。そんな犬を無視し、地主がチラと俺に目をやる。どうやら、犬抜きで〝何か〟俺に言いたい事があるらしい。

「あの、初代様」

「どうした？」

「俺は、どうすれば良いでしょうか」

そう、戸惑い気味ながらも迷いなく俺に指示を仰いでくる犬に、俺は腹の底で静かに笑った。よく躾《しつ》けてある。そうだ。この犬は〝俺〟の言う事しか聞かない。

「お前は先に部屋に行っていなさい」

「はい、では初代様。荷物をお預かりします」

「頼む」

俺が行けと言えばその瞬間、犬の顔から戸惑いは消えた。犬は俺から荷物を受け取ると、メイドの後をスタスタと付いて行く。その姿に、俺は胸のすく思いを抱えながら「勇者様。こちらへ」と、急《せ》かすように口にする地主の隣で、最後まで静かに犬の背中を見送った。

◇◆◇

通されたのは、これまた金のかかっていそうな立派な応接室だった。柔らかいソファに腰かけた俺の前に、やたらと値の張りそうなカップが置かれる。注がれているのは香草茶だ。香りのキツイそのお茶に、俺は微《かす》かに眉を顰めた。

「そのカップは西から取り寄せた工芸品なんですよ。美しいでしょう？　お茶はスキルカ産の香草茶で……」

「俺に何かご用ですか？」

俺は茶に手を付ける事なく、単刀直入に尋ねる。俺はコイツとゆっくり茶を飲もうなどとは欠片も思っていないのだ。そんな俺の態度に、地主は特に気を悪くした様子はなく、むしろこれ幸いと口を開いた。

「一つご提案なのですが、魔王討伐の勇者様御一行が、あの……彼だけ、というのは、如何《いかが》なモノかと思いまして」

「どういう事でしょうか」

「どうせならば、パーティを組まれては如何かと。彼だけでは、あまりにも頼りない」

は？　何言ってんだコイツ。そう、思わず口をついて出そうになるのをすんでの所で堪《こら》える。犬が頼りない？　どの口が言ってやがる。

「俺の実力に不満が？」

「いいえ！　そうではなく！　あの、お連れ様ですが、」

「ツレです」

「は？」

「間違えないで頂きたい。アレは俺の〝ツレ〟です」

「あ、はぁ？」

地主からの「何が違うんだ」という視線を無視し、俺は憮然《ぶぜん》とした態度を崩さないまま「それで？」

と先を促した。

「いえね、あの方は勇者様に釣り合っておいでですか……と、私は思いまして」

「何が言いたいんですか」

「では、ハッキリ申し上げます。彼はあまりにも」

そう、地主が声を出す為に息を吸い込んだ一拍の間。俺は扉の向こうに人の気配を感じた。あぁ、この気配は――。

「みすぼらしすぎます！」

犬だ。どうやら、俺の事が心配で大人しく〝待て〟が出来なかったらしい。仕方のないヤツだ。

――初代様。

耳の奥で、犬の不安そうな声が聞こえた気がした。

いや、あながち幻聴というワケではないだろう。きっと今頃、この男の言葉を聞いて扉の向こうでクンクン不安そうな顔で鳴いているに違いない。あぁ、想像するだけで可愛くて笑いが込み上げてくる。

「やはり、人は共に過ごす者によって周囲からの評価も大きく異なります。一流は、一流と行動を共にすべきなのです！」

しかし、その間も地主は、いかに犬が勇者の付き人として不足しているか、まるで舞台役者か何かのように語る。あぁ、クソ。うるせぇな。

「で？　貴方は俺にどうしろとおっしゃるのです？」

「うちから、数名。勇者様にピッタリの者を出します。よろしければ、その者達を旅にお連れください」

「……へぇ」

「まぁ、見て頂いた方が話も早い。きっと勇者様も気に入る筈だ」

俺が扉の向こうの犬の気配に意識を集中していると、隣の部屋から数名の若い男達がゾロゾロと現れた。

「右から私の長男、そして次男です。剣士と弓使いですよ。手前の二人は、我が私兵の中でもトップで優秀な魔術師とヒーラーになります」

連れてこられた全員が、ジッと俺を見つめながら静かに頭を下げる。一目で分かる。コイツら全員大した実力はない。

「どうです？　勇者様」

「ええ、皆さん素晴らしい実力の持ち主のようだ」

「さすが勇者様。この者達がどれだけ見込みがあるかお分かりになったようですな？」

どうやら、コイツらを俺に付かせて魔王討伐の利を自分の懐にも得ようという考えらしい。予想通りすぎて、何も感じない。とんだ茶番だ。

「ん？」

すると、扉の向こうから犬の気配が消えた。そろそろ、聞いていられなくなったか。もしかして、自分が〝捨てられる〟とでも思っているんじゃないだろうか。俺の中に、項垂《うなだ》れて尻尾と耳をシュンとさせる犬の姿が思い浮かんできた。

「全員、勇者様にピッタリの人材だと思いますよ！」

「そうですか。それなら……」

あぁ、そろそろ帰って撫でてやらねぇとな。

俺は腰かけていた椅子に手をかけると、その場から立ち上がった。「勇者様？」と此方《こちら》に媚《こ》びた笑みを浮かべる地主を横目に、俺はひと息で言った。

「今から言う事を、それぞれお一人で、一晩でやってのけてください。それが俺のパーティに入る最低条件です」

「は？」

「では右の方から……今から聖王都に行き、魔性具の材料を購入してきてください。次のその隣の貴方。貴方は東の坑道に行って、魔剣の材料になるエタールを取れるだけ取ってきて。そちらの貴方は断崖に咲くと言われているセレーンの花を。そして……」

「ちょっ、ちょっと待ってください！　勇者様！」

予想通りのタイミングで地主から静止の声がかかる。そんな相手に、俺は精一杯の笑顔を向けた。

「なんでしょう？」

「何を言っていらっしゃるのですか！　そのような無茶な事を言われても困ります」

「無茶？　そうでしょうか」

「そうですよ。そんな事、一晩で……ましてや一人でなど、出来るワケない！」

大声でツバをまき散らしながら喋《しゃべ》る地主に、俺はサラリと言ってのけた。

「俺のツレは全部一人でこなしますが？」

「は？」

地主から呆《ほう》けた声が上がる。その顔に、俺は溜飲《りゅういん》が下がるのを感じた。

「ツレは全部こなしましたが？」

「そんな……それはあまりにも虚言が過ぎます！」

「は？」

虚言？　コイツは俺が嘘をついていると言ったのか？

俺は先程下がった溜飲が、再び胸をモヤモヤと満たすのを感じた。もういい。これ以上、コイツに良い顔をしてやる必要はない。

「俺のツレをテメェんトコのザコ共と一緒にすんなや。このボケが」

「っな！」

俺は太ったクソ領主の眉間に指を突き立てると、わざと腰に差しているエクスカリバーに手をかけ、ハッキリと言った。

「あとな、他人の連れ合い捕まえて、みすぼらしいだのクソだの勝手言ってんじゃねぇ」

「は？　まさか、ツレって……」

「そうだよ。だからなんだ。文句でもあんのか？」

俺の言葉に、地主は大きく目を見開くと、そのまま黙りこくった。あぁ、最初からこうしてりゃ良かった。

「……一晩だけ、部屋をお借りします。食事等は不要ですので。では」

俺はそれだけ言うと、応接室を後にした。後ろ手に扉を閉め、一瞬だけその場に立ち尽くす。ここは、つい先程まで犬が立っていた場所だ。

「ははっ、今頃どんな顔してっかな。アイツ」

多分、死ぬ程情けねぇ顔をしてるに違いない。俺は、込み上げてくる笑みを隠す事なく、その場を後にした。

◇◆◇

「……追放は嫌だ」

部屋に行くと、犬は部屋の隅で項垂れていた。なんで、こんな広い部屋に通されてわざわざ隅に行こうとするのか。その立ち位置も、項垂れる後ろ姿も、あまりにも予想通りで笑えた。

「……俺は」

わざと気配を消しているせいか、犬は未だに俺が部屋に入ってきた事に気付いていない。何やらブツブツ独り言を言っている。こりゃ、相当参っているようだ。さて、そろそろ頭でも撫でてやるか。

そう、俺が犬に近寄ろうとした時だ。

「初代様と二人が良《い》い」

「っ！」

ボソリと漏れた犬の本心に、俺は自身の心臓が驚く程跳ねるのを感じた。きっと、俺の前では決して口にしないであろうその言葉は、まごう事なき犬の本心だった。

熱い。俺は、ジワジワと上昇する体温を下げるように、深く息を吐くとそのまま部屋の戸を閉めた。

「あ、なんだって？」

「っ！」

「あー、クソだるかった。おい、犬。メシ」

「あ、はい。分かりました」

わざと何も聞いてないフリをして犬の前へと立つ。コチラをジッと見つめてくる犬から、俺は顔を逸《そ》らす。今、下手に顔を見られたくない。

「あの、初代様……」

「あ？」

「いえ、なんでもありません」

しかし、やはり犬も先程の事が気になるのだろう。聞きたいけど、部屋の前で盗み聞きをしていた事は言えない。だから、聞けない。そんな犬の気持ちが手に取るように分かった。食事の準備をする犬の手は、微かに震えていた。

「なんだ。何か俺に言いたい事でもあんのか？」

「あ、あ、いや。いえ。何も、ありません」

「ウソつけ」

キョロキョロと視線をせわしなく動かす犬に対し、俺は真っ向から尋ねる。俺は、まどろっこしいのは嫌いだ。

「お前。さっき部屋の外に居ただろ？」

「あっ！　……あの。え、えと」

「おい、犬。お前は、俺に嘘なんかつかねぇよな？」

その瞬間、犬の背筋がピシリと伸びた。

「はっ、はい！　部屋の外で、新しいお仲間を紹介されているところまで盗み聞きしていました！

それ以降は部屋に戻っていたので、聞いていません！」

よし、良い子だ。ただ、一つだけ訂正する必要がある。

「あ、誰が仲間だって？」

「あの、でも……さっき。地主様に」

「あんなクソの役にも立たねぇボンボン共なんか、仲間にするワケねぇだろ」

まさか本気で俺がアイツらを仲間に引き入れると思っていたのか。犬は俺の言葉に、その真っ黒な瞳を大きく見開くと、次いでゴクリと唾を飲み込んだ。メシの準備をしていた手は完全に止まっている。

「じゃあ、俺は追放されない……？」

「なんで、テメェが追放されんだよ。ワケわかんねぇだろ」

「あ、だったらパーティは……」

「今までのまんま。俺とテメェの二人に決まってんだろうが」

「っ！」

俺と二人である事が分かった瞬間、犬の顔にハッキリとした笑顔が浮かんだ。その笑顔に、実際にはない筈の尻尾までケツに見えた気がした。あぁ、可愛い犬だ。

「そんなに俺と二人が良いのかよ。キメェな」

「す、すみません！」

俺の口から漏れるのはもちろん「可愛い」なんて言葉ではなく、むしろ正反対の言葉だった。しかし、それでも犬の笑顔は崩れなかった。あぁ、クソ。犬のくせに。いや、犬だからか。可愛いじゃねぇか。

「お、俺。これからも、追放されないように頑張ります！」

「おう、励め」

つーか、追放ってなんだよ。

さっきから犬の口にする「追放」という耳馴染《なじ》みのない言葉に、俺は静かに部屋のソファへと腰を下ろした。犬はその間も、楽しそうにメシの準備をしている。

「……さて、どうするか」

多分あのプライドの高そうな地主の事だ。今夜辺り、ナニか差し向けてくるかもしれない。この屋敷も、あの応接室も。ここはどこもかしこも金の匂いしかしない。

潤沢な土地と、特産物もある。それなのに、この村は貧しい。それはひとえに、この地主の〝中抜き〟が激しいからだろう。

「だったら問題ねぇな」

俺は民衆を救う〝勇者〟だ。それは相手が〝モンスター〟だろうが〝魔王〟だろうが、悪魔みたいな人間だろうが変わらない。この村の人間にとって、あの地主は下手すると〝魔王〟よりも恐ろしい存在かもしれないのだ。だったら――。

「おい、犬」

「はい！」

犬が元気よく返事をしながら駆け寄ってくる。その姿に、やっぱり俺には見えない筈の尻尾が犬の尻に見えた気がした。

「今晩、もし変なヤツが来たら、全員お前の好きにしろ」

「へ、変なヤツ……好きに？」

「あぁ、好きにしろ。俺は疲れてるからな。今晩テメェを抱いたら、ちょっとやそっとの事じゃ起きないと思え」

犬は俺が何を言いたいのかよく分からないのだろう。しばらく俺の顔をジッと見つめていたが、すぐに俺の躾けた通りの反応をした。

「はい」

犬の返事は「はい」以外、許可していない。それがなんであろうと、どんな時も。

「おう。じゃあ、メシ」

「はい！」

犬は嬉しそうに答えると、俺に向かって温かいスープを差し出した。

◇◆◇

その夜、俺は屋敷中に充満する血の匂いで目を覚ました。

犬がまた人を殺したようだ。もちろん、俺の為に。

——初代様は、殺させない。

そのたびに、俺は生まれてこのかた感じた事のないような興奮を、その身に覚える。気配を消して部屋へと入って来た相手に、俺は静かに声をかけた。

「よぉ、犬。どこ行ってた」

「っ！」

静かに扉を開け、部屋へと戻って来た犬に、俺はたった今起きましたと言わんばかりにベッドから体を起こした。

その瞬間、息を殺していた犬が一気に飛び上がる。

「っ！　初代様！　あ、あの、えっと。おて、お手洗いに」

「へぇ、そうか」

その身に血の匂いを纏《まと》わせながら、犬はバレバレな嘘をつく。どうやら、コイツは人を殺すと俺が怒ると思っているらしい。

んだよ。昨日、俺は変なヤツが来たら「好きにしていい」っつったじゃねぇか。

「初代様。あ、あの。明日は、どのくらいで、出発される、予定ですか」

ソワソワと視線を逸らしながら尋ねてくる犬に、俺は吹き出しそうになるのを堪えながら言ってやる。

「ここにはもう用はねぇ。夜が明けたらすぐに出るぞ。挨拶も昨日のうちに済ませてある。黙って出るぞ」

「っ、はい！」

おうおう。明らかにホッとした顔しやがって。可愛いじゃねぇか。

コイツは俺の為に人を殺す。そして、必死にその事実を俺から隠そうとする。俺に、捨てられたくないから。

大丈夫だ。全部、見てたぜ。犬。お前が何の躊躇いもなく、人間に剣を突き立てるところをよ。

「犬、来い」

「あ、えっと」

「なんだ、俺の言う事が聞けねぇのか」

「はっ、はい！」

犬は俺の命令に逆らわない。絶対に頷《うなず》く。可愛い俺の犬。

「ベッドに乗れ」

「あ、俺。ちょっと、汚いかも、しれないので」

返り血の心配でもしてんのか。犬は俺の命令に、躊躇った様子でモゾモゾと俯《うつむ》いている。ンなもん、気にすんなよ。クソが。俺はもう限界なんだ。

「へぇ。テメェは便所でナニしてきたんだ？　漏らしたのか？」

「ちっ、違います！」

「じゃあ、来い」

「……は、い」

俺の指示に従い、犬がそろりと俺のベッドへと乗った。その瞬間、俺は面白いモンを見つけた。

「なぁ、お前。ココ、どうした？」

「んっ」

「勃《た》ってんじゃねぇか。この変態犬が」

犬は、その下半身を見事に勃起《ぼっき》させていた。ズボンの中で窮屈そうにしているソレに、俺はやっと合点がいった。

「へぇ。コレを俺に見られたくなかったってか？」

「っぁ、ぅ」

だからコイツは、俺がベッドに乗れと言った時に躊躇ったのか。なんだ、返り血の心配でもしてんのかと思えば。コイツもコイツで、いっちょ前に発情してたんじゃねぇか。

「ははっ。さっき抱いてやったばっかなのに、あれじゃ足りなかったか？　あ？　おい、犬。どうなんだよ」

「っ！　あ、う……す、すみませ。っぁう！」

「まぁ、丁度良い。俺もヤり足りねぇと思ってたんだよ」

ゴリと、犬の太腿《ふともも》に俺の勃起したペニスを擦《こす》り付ける。その固さに、犬は顔を真っ赤にしながら、俺の方をソロリと見上げてきた。

「っしょ、だい。さま……？」

「おい、犬。なんだその顔。なに、期待してんだよ。このド淫乱」

「っぁ……ぁう」

どうやら俺達は互いに、屋敷に充満する血の匂いのせいで、ハイになってしまっていたらしい。

あぁ、最高じゃねぇか。至る所に死体が転がる中、子種まき散らしてよ。皮肉なモンだ。

「っふ、ん。っぁ。しょ、だいさま。どう、したら、いい。ですか」

まるでその場で土下座するように、犬が俺の勃起するペニスに顔を寄せてきた。犬もいつもと様子が違う。目がトロリとして、既に理性がトんでいるようだ。イイじゃねぇか、その顔。最高だ。

「っは。テメェ、とんだ変態犬だな。そんなに咥えてぇかよ。なぁ？」

「す、すみません。おれ、勝手なことを……」

「許す。今回は口ではしなくていい。寝る前まで挿《い》れてやってたんだ。ケツは大丈夫だな？」

「は、い」

俺の言葉に犬が自分のズボンに手をかける。どうやら、すぐにケツにぶち込まれると思ったらしい。こういうところに躊躇いがないのも、犬の良い所だ。

「じゃあ、今日はテメェが上に乗れ」

「え？　俺が、うえ、ですか？」

「そうだ。テメェが上で腰振れっつってんだよ。出来ねぇのか？」

「あ、えと。おれ、それは……初めてで」

普段にはない指示を出したせいで、犬が戸惑い始めた。騎乗位が初めて？　っは、笑わせんな。

「ったりめぇだろうが。俺以外とヤった事ねぇんだから。初めてに決まってんだろ。ヤった事あったら仕置きしてやるところだ」

「あ、あっ。はい」

「犬、テメェがグズなのは分かってる。俺が指示出してやるから、お前は、その通りに動けばいい」

「は、はいっ。分かりました」

指示を出してやると言った瞬間、犬はホッとした表情を浮かべて、そのまま着ていた服を躊躇いなく脱ぎ捨てた。惜しげもなく晒《さら》される犬の裸体。その体には、左右の腹にある二つの刺し傷と、暗殺者が来る前まで、俺が可愛がってやった痕が大量に残っている。あぁ、良い眺めだ。

「っふぁ」

犬が、具合を確認する為に自らの秘孔に指を挿入する。そのいやらしい体から、ふと香ってくるのは血の匂い。

その様子に、もともと完勃ちだった俺のモノは更に興奮して硬度を増した。

「っん、ぁっ……っふぅ」

真っ暗な部屋の中でもハッキリ分かる程に上気した犬の顔は、完全にメスだった。

コイツは人を殺す。俺の為なら何でもヤる。つい先程まで、情けねぇ顔してたと思っても、次の瞬間には平気な顔で人間に刃《やいば》を突き立てたりする。

「準備はいいか、犬」

「……ん、はい」

同時に、蕩《とろ》けた顔で俺の全てを、その身に余す所なく受け入れもするのだ。

◇◆◇

犬が俺の上で腰を振る。

「ッぁん、……っん。んっ。しょ、だいさまぁ。これで、いいっで、すか?」

「っは……あぁ。そのまま、テメェの良いトコ当ててろ」

俺の上で、犬が腰をいやらしくくねらせている。お陰で、俺のペニスが出し入れされる所も丸見えだ。ぐちゅぐちゅと控えめに聞こえてくる音が、最高にエロイ。

俺と犬の間には、ピンと天井を向き、亀頭からタラタラと先走りを垂れ流す犬のモノが、気持ち良さげに震えていた。

「っん！　ぁっ、っぁ。しょ、っしょだ、さ、は……きもち、いい。ですかっ？」

「……なぁ、俺のモンはどうだ？」

「かたっ、い、です。おっきくて……気持ちいっ」

素直な犬の感想。顔を真っ赤にして「気持ちい」なんて、可愛いじゃねぇか。

「っは！　テメェは俺に奉仕する側じゃねえのかよ。この淫乱犬が」

「っぁ、ごめぇなさっ。……あぅ。しょだ、いさま、は……なにを、したら気持ち、……で、すかっ」

「どうだかな」

敢《あ》えて答えない。そんな俺に、犬は俺の上で必死に腰を揺らし続ける。普段なら、俺の指示がここまで曖昧だと、不安そうにコッチを見てくるくせに。犬も血の匂いで頭がトんじまっているようで、自らの快楽を追い求めるように腰を動かし続けた。

「っん！　っはぁ……っぁあっ！」

ナカも、いつもより締まりが良い。寝る前に三回はイかせてやったのに、俺達の間で真っ赤に揺れる犬のペニスはダラダラと精液を垂れ流し、イきっぱなしの状態だ。

「ったく、可愛いじゃねぇか」

「っへ？　……っぁあっ！」

特に、バカみてぇに上を向いてフルフルと微かに震える犬のペニスは最高のツマミになる。しかも、ずっと見てたら、イジメたくなった。

「しょだい、さまぁっ。ひもちぃ、ですか。おればっかり、きもちくて。これじゃ、だめ、なのに……」

「だな。犬のくせにテメェばっか気持ちよくなりやがって。こりゃあ、もっと仕置きが必要だ」

「ごめなさ……っぁぁぁん！」

俺は犬のイきっぱなしのペニスを上下に扱《しご》きながら、もう片方の掌《てのひら》でその先端に円を描くように擦ってやった。

その瞬間、犬の腰が止まり、その目はどこか遠くを見ていた。もう、完全に理性がブッ飛んでいるようだ。

「おい、腰止めんな。そのまま、テメェの良いトコ当てとけよ」

「っはぁ、い。っっひ、……っあっぁ、ぁぁ……っ！」

「っは、スゲェ締め付け」

ペニスを弄《いじ》るたび、食いちぎらんばかりにナカを締め付けてくる犬に、俺はイきそうになるのを必死に堪えた。まだだ。こっからが面白ぇトコなのに、俺がイってる場合じゃねぇ。

「っは、っはぁ……ふーっ。むぐぅ」

犬も快楽が強くて辛いのだろう。唇を嚙《か》み締め、呼吸をどうにか整えようとしていた。体中真っ赤で、目からはボロボロと涙を流している。

「っは……っはっは、っふぅっ」

「っく」

それでも俺の指示通り、腰を振るのをやめない。俺のペニスの先端にコリコリと、自分の良いトコロを擦り付けているのが分かる。ちゃんと、言い付けを守って偉いじゃねぇか。

従順で、可愛い俺の犬。俺だけの連れ合い。俺の唯一の自由。

「しょ、だいさまぁっ……これ、でっ……いい、ですか」

「あぁ、良い子だ」

「っっ！」

俺が褒めてやった瞬間、ぴゅっと勢いよく精液を飛ばした。

「お前、ほんっと俺に褒められんの、好きだな」

「んッ、はい……すき、です」

犬は羞恥で顔を真っ赤に染め上げながらも、コクコクと必死に頷いた。その間も、コイツのペニスは勢いよく精液をまき散らし続ける。

「っひぅ……とまら、ないっ。なんでぇ」

俺の命令通り、腰を揺らし続けるせいで、犬の精液の雫《しずく》が俺の顔に飛んだ。その瞬間、犬の顔に衝撃が走る。

「ぁ、あっ！　ごめっ、なさ！　かおっ……かおに、おれのがっ」

「っく、……いい。ゆる、す」

「っよかった……よかったぁ」

良かったと言いながら、犬が俺の顔に付いた自分の精液を舐《な》める。

あ？　可愛すぎだろうが。これのどこがみすぼらしいってんだ。あのクソ領主が。ぶっ殺すぞ。

「……っは。もうテメェが殺したんだったな」

「っ？」

「いい、気にすんな」

俺は犬のペニスを擦っていた手を離すと、犬の顎の下を指で撫でてやった。その瞬間、羞恥で俯いていた犬の顔がピンと上を向く。その顔は、快楽に彩られトロンとした目で俺の事を見つめていた。

「犬。お前、最高だよ」

「っあ、え？」

領主や暗殺者に躊躇いなく剣を向ける犬の姿を思い出す。そこに、人を殺す事への罪悪感など皆無だ。人を殺す時、コイツの顔は驚くほど無感情だ。そのくせ、コイツはいつも敵に立ち向かう時に必ずこう言う。

『初代様は、絶対に殺させない』

思い出すだけで、イきそうになる。最高だ。コイツは俺の為なら、なんだってやる。人も殺す。どんな悪事も働くだろう。コイツだけは、絶対に俺を裏切らない。

犬だけは、〝勇者〟として生き方を縛られ続けた俺が、この世界で唯一持てる自由だ。

「おらっ！　そろそろ、俺も手伝ってやるよ」

「ひあんっ！」

自分で必死に腰をくねらせていたコイツも、そろそろ疲れてきたのだろう。動きが鈍くなっていた。十分可愛がってやった。俺も、もう限界だ。

「おら、犬。こっち来い」

「へ？」

「こっちに来いっつってんだよ」

「え、と。こっち？」

ったく、察しの悪《わり》ぃ駄犬だぜ。

コイツは皆まで言わなきゃ分からないヤツだったな。俺は「ふーっ」と深く息を整えると、ひと息で犬に指示を出した。

「俺にキスしろ。そんで、そのまま俺に抱き付いてりゃいい。あとは俺がヤってやるよ」

「っは、はい！」

その瞬間、犬は先程まで浮かべていた、クソいらやしい顔を一気に嬉しそうな笑顔に染め上げた。

あぁ、クソ。また千切れんばかりに横に振られる尻尾が見えた気がする。

ったく。こんなの普通、セックスしてる時に浮かべる顔じゃねぇだろ。

「っは、可愛す……」

「んっ」

可愛すぎだろ。と、思わず口をついて出た言葉が、犬によって食われた。いつもより激しくしゃぶりついてくる犬の唇に、俺は腹の底で笑った。

なんだ、テメェも俺とキスしたかったのか。

いつもは俺の舌の動きを追いかける事しかしねぇくせに、今日はやけに積極的に自分のを絡めてくる。

「ンっ……っふ、んぅっ」

口に出して褒めてやれねぇ分、俺は犬のケツを撫でてやりながら、コイツの良いトコロを突いてやった。

「っ！　…んんぅっ」

可愛い、可愛い。俺の連れ合い。

腹の間で震えるテメェのイきっぱなしのペニスも、垂れ流しの精液も、まとめて全部可愛いと思える。

すると、突然犬がキスをやめた。

「っはぁ、あう……しょだいさま」

「あ？　何勝手に止めてんだ。お前」

「しょだい、さま」

コイツが俺の指示に背くなんて、そんな事があるのか。そう、俺が内心ビビりながら、犬を見ていると、犬はそりゃあもう蕩けた顔で言った。

「しょだいさま。すきです」

「は」

「しょだいさ、ま。すきです。すき」

もう完全に理性がトんだ顔で、俺に頬擦《ほおず》りしながらうわごとのように繰り返す犬の言葉に、俺は。

「っく！」

イッた。大して腰も振ってねぇってのに。イってしまった。ドクドクと、ペニスが激しく欲を吐き出す。まさか、俺がこんなにアッサリとイっちまうなんて。

「っぁう、しょだい、さま。んっ……んぅ」

「おっ、おい。おい、犬っ！」

「ん、っはぅ」

犬はトロットロの目で俺を見つめながら、顔中にキスを落としてくる。なんだ。こんな犬、初めてだ。なんなんだ。犬の分際で、勝手に。あり得ねぇだろ。

「ん、ちゅっ」

「おい、犬……待て、おい」

そして言うに事欠いて、とんでもねぇ事を言ってきやがった。

「んっ、ちゅっ、ふ。っしょだいさ、ま」

――かわい。

「は？」

それだけ言うと、犬は事切れたように俺の上で気を失った。いや、寝たと言ったらいいのか。まぁ、確かに。三発ヤって、そのあとコイツは暗殺者と地主を殺しにいってやがるから、一睡もしていない筈だ。疲れるのも無理はねぇ。

しかし、だ。

「コレ、どうすんだよ。クソが」

再び犬の中で、がっつり主張を始めた自身に、俺は頭を抱えた。まさか、この俺が「可愛い」と言われただけで勃つとは思ってもみなかった。

「……どっちが、可愛いんだよ。クソが」

俺は上で寝息を立てる犬の体から、勃起したペニスを引き抜く。そして、久々に自分の手を使った。

「っは、っはぁっ、っく」

なんで、この俺が穴を目の前にして、自分の手でペニス擦ってんだ。勝手に使えばいいだろ。どうせ犬なんだし。そうは思うが、俺はもう必死に自身の左手を使って自慰にふける。もう片方は犬の頭の上。

「犬、いぬ、いぬ、いぬっ」

犬を呼ぶ。犬の頭を撫でる。犬の寝顔を見る。そして、

「っはぁっ」

盛大に果てた。

「んんぅ」

「おい、飼い主より先に寝てんじゃねぇよ」

気持ち良さそうに、安穏と眠り続ける犬。それを見ていると、何故か自慰でも満足感があった。

まぁ、コレはこれでなかなか良いモンかもしれない。俺は白み始めた窓の外を見て、一つだけ欠伸《あくび》を漏らした。

◇◆◇

「っ！」

目が覚めた。

なんだか酷く幸せな夢を見ていたような気がする。そのせいか、とても体が温かい……いや、熱い気がする。俺は、頭に手を添えながら体を起こすと、当たり前のようにその名を口にしていた。

「おい……犬。水」

返事はない。おかしい。さっきまですぐそこに居た筈だが。そう、俺がベッドの上に手を這《は》わせた時、固いモノに触れた。

「あ」

触れたモノに目をやった瞬間、俺はここがどこなのかも、そして自分の置かれた状況も。その全てを思い出した。

「クソが」

触れたのは、犬が後生大事に抱えていた本。そして、犬が残していったモノ。窓の外に目をやれば、白み始めた空が見える。

そろそろ、行かなければならない。なにせ、俺はこの国の王だ。

そう、犬の居ない世界で、俺は一国の主になっていた。

——初代様、お水をお持ちしました！

遠くで、犬の声が聞こえた気がした。

三：初代様は一人ボッチ

犬が居なくなった。

それでも、俺の毎日は当たり前のように続いていく。もう、犬の事を覚えているヤツは、きっとこの世で俺一人だけだ。

今日も、耳の奥で犬の声が聞こえる。

「陛下、東部の治水事業はどのように致しましょう」

――初代様、俺は何をしたらいいですか。

「計画通り行え。費用が足りない分は国費で賄え」

「はい、承知致しました」

――はい。

勇者様、なんて呼ばれていた俺は、今やこの国の王になった。当初の俺の野望でもあった一国の主。何もかも、俺の思い通り。それなのに、まったく面白くねぇ。

「陛下、食事のお時間です」

――初代様、食事の準備が出来ました！

「ああ」

こんなクソつまんねぇモンが、俺の望みだったのか。

◇◆◇

「あなた、またそうやって食事を残して」

「……コレは出すなと伝えた筈だが」

「好き嫌いをしてはいけません。そうしなければ栄養が偏ってしまいます。子供達にも示しがつきません」

「……」

ウゼェ。お節介な女が、また余計な事をしやがった。最悪だ。俺は手元の皿にこれでもかという程盛られた野菜と添えられた肉に、喉の奥でえずいた。

今にも吐きそうだ。顔を上げて見れば、そこには、お節介な女ソックリの顔をしたガキが数人、俺の事を見ている。

「分かった」

「ええ。あなたにはずっと元気で居て貰わないと。父は……早くに逝《い》ってしまったから」

そう、どこか悲しげな表情で口にするお節介女を横目に、俺は皿に盛られた葉っぱを無理やり口の中へと詰め込んだ。

こんなモン食ってて元気でいられるワケねぇだろうが。

「っは」

息を止める。咀嚼《そしゃく》は最低限に。ともかく一旦飲み込む事だけを考える。

「お父様、まさか私達の結婚式の前日に亡くなってしまうなんて。貴方が居なかったら、この国はどうなっていたか」

「それってお祖父様《じい》のこと？」

「そうよ。お祖父様もお父様みたいに、すごく立派な国王陛下だったの。貴方達にも会わせてあげたかった」

その話、もう一万回は聞いた。

俺は、ともかく食事に集中すると吐きそうだったので、必死にクソどうでも良い、お節介女の話に耳を傾けた。

「お祖父様はきっと、お父様が来て安心されたんだと思います」

「きっとそうね。お母様が亡くなって、ずっとお父様はお一人で国を支えてこられたから。私も一人だったらと思うと……」

「お母様にはお父様が居ます。お母様は、お父様を愛してますか」

「ええ、もちろんよ」

ヤベェ。吐きそう。俺は一気に食事をかきこむと、ゆっくりと椅子から立ち上がった。

「仕事が残っているから、先に行く。お前たちはゆっくり食べなさい」

口元を押さえそうになるのを必死に堪え、俺はその場を後にした。

俺は一国の主人だ。誰にも弱味は見せられない。それは勇者として旅をしていた頃からそうだった。弱みを見せれば付け入られる。だから、俺はずっとそうしてきた。

たった一人を除いては。

「つうぇぇっ！　っはぁ、っはぁ」

——初代様！　大丈夫ですか!?

大丈夫じゃねぇよ。見て分かんねぇのか。犬。

俺は腹の中のモンを全て吐き出しながら、肩で息をした。耳の奥で、犬の声が聞こえる。

「……っはぁ、っはぁ」

——初代様、お水です。

しかし、実際に俺に向かって水が差し出される事はない。その事実に、俺は再び腹の底から吐き気を催した。そのままの勢いで、再び緑色の吐瀉物《としゃ》を出す。汚ねぇ。

「……」

——初代様、すみません。拭うモノがないので、一旦コレで失礼します。

口の横から垂れてくる、吐瀉物の混じった胃液。それを、アイツは躊躇う事なく、自分の服の裾で拭った。汚いなんて欠片も思っていないような顔で。

「……犬、メシは」

——後で作って持って行きますね。スープの準備は出来てますよ。

声のする方を見た。しかし、そこには酷い顔をした俺が鏡に映っているだけだ。

「この嘘つきが」

もう、十年以上。俺は犬のメシを食えていない。

◇
◆
◇

その日、俺は粗末なマントに身を包み、街へと下りた。

「あら、良い男」

「あぁ、来たんだね」

「今日は私にしてよ」

「無駄よ。あの人、男しか抱かないんだから」

周囲から聞こえてくる声を無視し、俺は真《ま》っ直《す》ぐ歩き続けた。ここは城下町の一画にある娼館の集まる場所だ。もう、何度ここに足を運んだか分からない。

――あの、子供、たくさん作ってくださいね。

「っは、なんで俺が犬の言う事なんか聞かないといけねぇんだ」

結婚式の前日から、俺はずっと試し続けている。あぁ、何を試しているのかって。

「いらっしゃいませ」

「男を見せろ」

「どのようなモノがお好みでしょう？」

「地味な顔がいい。派手じゃなく、肌の色は黄色。髪色は茶髪だ。あと、出来れば腹に……刺し傷が二つある男」

俺の言葉に男娼館の店主は、一瞬眉を顰めた。何を言っているんだ、コイツは。とでも思っているのだろう。そういえば、この男娼館は初めて来る。

しかし、俺の見た目から上客だと見抜いているからだろう。次の瞬間には、笑顔で頷いてみせた。

「はい、少々お待ちください」

犬、犬、犬、犬。おい、聞いてるか。

「っぁあん！　っひぅっ！　きもちぃっ、っひ！」

「っは、っく」

今回のは、見た目だけは〝当たり〟だった。目の前に用意された男は、犬そっくりだったのだ。俺は激しく腰を打ち付けながら、ソイツの腹にある二つの刺し傷に指を這《は》わせた。傷まである。それに指で触れると、俺を包んでいたナカが締まった。締まりも良い。まるで、アイツのナカのようだ。

「っぁあん！」

嬌声《きょうせい》が俺の耳をつく。食いちぎられそうな程の締め付けに、一気に射精感が強まる。顔、声、傷。全てが犬そっくりの男。

まさか、コイツが〝犬〟なんじゃないのか。やっと見つけた。

そう、俺が目の前の男にキスをしようとした時だった。

「突いてぇっ！　もっと奥ぅっ！　すけべな穴の中っ、いっぱい掻《か》き回してぇっ！」

「っ！」

俺は水でもぶっかけられたような気分になった。もちろん、キスをしようとしていた体は固まり、打ち付けていた腰も止まった。

「えっ？」

「……萎えた」

そして、先程までガチガチだった俺のモノは、言葉通り完全に萎えていた。ズルリと犬じゃねぇヤツのケツの穴から自身を取り出す。

「え、あの」

「金は払う。出て行け」

「で、でも」

尚《なお》も食い下がろうとする、犬そっくりの男から、俺は目を逸らした。ここで黙って「はい」と言ってくれりゃあ、まだ少しはマシだったのに。あぁ、イライラする。

ガンっ！

「っひ」

俺は腹の中に凄《すさ》まじい苛立《いらだ》ちが爆発するのを感じながら、壁を勢いよく殴った。短い悲鳴が聞こえる。

「出て行け」

ソイツは、顔を歪《ゆが》めると何も言わずに部屋を出て行った。その後ろ姿を見送りながら、俺はべったりと様々な体液で濡れ濡《そぼ》った下半身を見下ろす。

「返事は、短く〝はい〟だろうが」

——はい、初代様。

結婚式前日から、俺の〝試し〟はずっと続いている。

あのお節介女を抱いた後、犬を抱く方が断然気持ちが良いと思った。でも、それは相手があのお節介女だからかもしれないと思った俺は、他の女を抱く事にした。

そして、ハッキリと分かった。

「犬、褒めてやるよ」

――え？

どんな女を抱いても、犬が一番気持ち良かった。それが分かった時には、既に俺の前から犬は居なくなっていた。

だから、その〝試し〟は、意味を変えた。

「犬、お前とのセックスが一番気持ち良い」

――っは、はい！　ありがとうございます！

犬が嬉しそうに頷く。俺は知ってる。犬が俺に頭を撫でられるのを好きだという事を。

「今日のヤツは〝当たり〟かと思ったけど、ありゃダメだ」

――どうしてですか？

犬が首を傾《かし》げて尋ねてくる。よく見たら、さっきのヤツと犬は思った程似ていなかった。腹の傷に意識がいきすぎていたせいで、どうやら俺は頭が沸いていたらしい。

「お前は……あんな風には喘《あえ》がねぇだろ。お前、俺に言えるか？　〝スケベな穴、もっと掻き回して〟なんてよ？」

――あ、えと。俺は……初代様に、そんな命令みたいな事。恐れ多くて。

俺の下品な言葉に、犬の顔が少し赤くなる。そんな犬に、俺は自然と手を伸ばす。コイツは、俺に頭を撫でられるのが好きなんだ。

「あーぁ。マジで萎えた。おい、犬。処理しろ」

――はい。

命令するや否や、犬が俺の萎えたソレを躊躇いなく咥えた。鼻にかかるような犬の呼吸音が耳につく。

——っふ、んんんっ。

そう、これだ。この声。

最初は口の中に含み、舌を使って裏筋から亀頭まで、丁寧に舐め上げる。そして、徐々に俺のモンが硬度を増していくと、一旦口から出した。

——っふは、ンむっ……ちゅっ。

口に全て入らなくなってからは、必死に舌を這わせる。カリの部分を舐める時は先端をツンとさせ、優しく緩急をつけて。

「っは、上手だ」

——っ、ぁい。

俺の股の間で必死に頭を動かす犬に、俺は褒美とばかりに頭を撫でてやった。すると、気持ち良いと言うように、犬の肩がヒクリと揺れる。

可愛い可愛い可愛い。俺の犬。

——ちゅっ、ん。っふ。はぁっ、しょだい、さま。

先端から垂れ流し始めた先走りを、まるで甘い飲み物でも飲むように吸い上げる。あんな風に下品な言葉で喘がなくとも、コイツはこんなに表情だけで雄弁に語ってみせる。

——おいしい。もっと。

そんな顔で、俺の全てを包み込む。可愛い可愛い俺の犬。俺だけの犬。

「っは、っぁ。犬、口に出すぞ」

――っは、ぃ。

お前だけ、俺にはお前だけだった。俺がどんなに酷い扱いをしても、俺が何を命令しても、俺が誰に狙われていても。お前だけは、ずっと俺に付いてきてくれた。

――しょだいさま、きもち、良かったですか？

「あぁ……」

俺は自分の手の中に放たれた、ドロリとした種を見つめながらベッドに拳《こぶし》を立てた。

「……犬、抱かせろ。お前の中に出してやるよ。孕《はら》ませてやる……なぁ、嬉しいだろ」

俺の震える声に対し、耳の奥で声が聞こえた。

――はい、初代様。

声が聞こえた。でも、俺はずっと一人だった。

◇◆◇

俺は、犬に会いたくてたまらなかった。

時間が経《た》てば、少しはマシになるかと思ったが、むしろ時が経てば経つ程、腹の底の燻《くす》ぶりが激しくなっていく。もう十年以上も前の事なのに、生きている〝今〟よりも、〝あの頃〟の事を鮮明に思い出せてしまう。

「あーぁ、やっぱもう……お前の匂いはしねぇのな」

その日も、いつものように犬が寝泊まりしていた部屋に居た。ここは、あの日から何も変わっていない。手をつけるなと厳しく命令してあるからだ。

そうやって、訪れていた部屋は、最初こそアイツの匂いがしていたが、そのうち全部俺の匂いにすげ替わっていった。

そりゃあそうだ。なにせ、毎日俺が訪れるのだ。十日もあれば完全に犬の匂いなど消えてなくなった。それでも、俺は此処へ来る。そして、アイツの残した唯一の手がかりである本を眺めるのだ。

「……いぬ、いぬ、いぬ、」

そして、目を閉じて思い出す。犬との旅の日々の事を。結婚式の前日の夜の事を。俺は何度も何度も思い出す。

『今日は俺の部屋には来なくていい』

『結婚前夜は夫婦一緒に過ごすのがしきたりなんだと』

『明らかにショック受けてんじゃねぇよ。面倒くせぇ』

『ま、結婚してもたまにはテメェも抱いてやるよ。どうだ、嬉しいだろ?』

『おい、返事。忘れてんじゃねぇよ。お前、俺に結婚して欲しくねぇなんて面倒くせぇ事を考えてんじゃねぇだろうな。ダリィからそういうのやめろよな』

『じゃあ、返事』

――はい。

犬が当たり前に居ると思っていた頃の俺。このグズな犬には俺が居ないとダメなんだと、そんなおめでたい勘違いを、今思えばどこから得ていたのかと腹を抱えて笑いたくなる。

もし、あの日、俺がお前を抱いていたら。

もし、俺がお前に対して「はい」以外の言葉を与えていたら。

もし、俺がお前を選んでいたら。

「お前は今も、俺の傍に居たか？」

答えはない。こればかりは俺の頭の中に居る犬に答えさせたとしても、どうにもならねぇ事くらい分かっている。

「なぁ、犬。そろそろ、答えは……お前から直接聞こうじゃねぇか」

俺は手にしていた本を勢いよく閉じると、犬の部屋から飛び出した。

たった今、やっとこの本の解読が終わった。見たことも聞いたこともない文字で書かれた本。観測と推測、様々な知識に、仮定と検討を重ねて辿《たど》り着いた答え。十年かかった。

「犬、お前。俺の子孫かよ。凄《すげ》ぇな」

笑えてきた。

だから、アイツは何かあるたびに、俺に対して「子供をたくさん作れ」と言ってきたワケか。納得した。俺がガキを大量に作らねぇと、アイツの存在自体が危うくなるワケだ。

「……っは、そういう事かよ」

マントを翻し、城を出る。

居場所は分かった。後はそこへ行く手段を探せばいい。目的地さえ分かればこっちのモンだ。

「勇者の血を代償にすりゃ、だいたいのモンは手に入んだろ」

俺は、全部を俺の思い通りにしないと気が済まねぇんだ。今、俺は一国の主になって、何もかも思い通りにやってると思い込んでいたが、そんな事はなかった。

「っは！　全然、俺の思い通りになってねぇじゃねぇか！　道理で毎日クソつまんねぇワケだ！」

そうなのだ。俺はやっと気付いた。

俺がどうしてこんなにも楽しくないのか。そんなモン、一番思い通りにしたかったヤツが居ないからだ。

ひとまず、再び〝犬〟と会う為に、悪魔と契約でもして寿命を消すか。

ただ、その前に――。

「腐るほど、種を蒔《ま》いとかねぇとな」

じゃなきゃ、お前に会えなくなる。

俺は久々に感じる腹の奥のスッキリした感覚に身を委ね、街へと下りる。何が犬に繋《つな》がるか分からない。だから、出来るだけ、たくさん勇者の血をこの世界にまき散らしておこう。

それが、数百年後のお前に会う、俺の第一歩だ。

「クソ。なにが『初代様はクズ』だ。あのクソ犬」

歩きながら、俺はアイツの残した本の序盤に並んでいた、俺への不満の数々に目を細めた。

「……会ったら絶対に仕置きしてやんねぇとな」

ただ、そう口にした俺の顔は、ハッキリと笑っていた。

四：初代様、ごはんを食べましょう

「初代様」

犬が戻ってきた。

数百年ぶりに聞く懐かしい呼び名に、俺は静かに声のする方へと目をやる。そこには、声の通り犬が居た。ずっと探していた、俺の犬だ。

俺は悪魔と契約し、勇者の血を代償に寿命という枷《かせ》を消した。勇者の種は大量に蒔いてやっていたし、魔王は倒し終わっている。もう、俺が「勇者」である必要はどこにもなかった。

「なんだ」

あれからすぐ魔王城に連れてきてから、犬は終始落ち着きがなかった。俺が抱いてやっている時だけは、夢中になっているようだが、それ以外はずっと落ち着かない。特にする事もなく寛《くつろ》ぐ俺に、犬は意を決したように口を開いた。

「あの、何かする事は……」

「俺の傍《そば》に居ろ」

「それ以外は？」

「今のところない」

そう、コイツの役割は俺の傍に居る事。これに尽きる。むしろそれさえしていれば、十分なのだ。

しかし、それでも犬は俺の前で更に口を開く。

「……あの、初代様」

「なんだ、まだ何かあんのか」

「本当に申し訳ございません。あの、俺」

「あ？」

申し訳ございません、と口にしながら犬は自身の腹を両手でギュッと押さえた。

「何か、食べるモノを頂いてよろしいでしょうか」

「は、メシ？」

次いで、聞こえてくる犬の腹の虫に俺はハッとした。そうだ、犬は俺と違って人間なのだ。自分がメシを必要としなくなって久しい為、俺の中には「食事」という概念が一切消え失《う》せていた。

犬を魔王城に連れて来て、既に丸三日程が経過している。その間、犬は何も口にしていない。

「……ぅ、あ」

しかし、あまりの衝撃に返事が出来ないでいる俺に、犬は何を思ったのか勢いよく首を振ると、とんでもない事を言いだした。

「あ、あの！　許可を頂けないのであれば、食べませんので」

「っはぁ!?　そこは俺の許可なんか取らずに食えよ！　死にてぇのか」

「いえ！　初代様が何も口にされないのに、俺ばかり食べるワケにはいきません！」

「どういう理屈だ！」

まったく俺ときたら、犬が戻ってきた事に舞い上がりすぎて、肝心な事を忘れていた。人間の食事についてもそうだが、この犬のクソ従順な性格もだ。それ自体は良いが、生存本能に逆らってまで従順なのは考えものである。

「あのな？　俺はもう人間じゃねぇから、何も食わなくても死なねぇんだよ」

「そうなんですか？」

「ああ。だからお前は気にせず飯を食え。餓死したら承知しねぇからな」

せっかく苦労して犬を連れ戻したのに、メシをやり忘れて餓死させたなんて事になったら笑えない。さすがの俺も、死者を生き返らせる方法など知らないからだ。

「いいな？」

「はい、分かりました」

俺の言いつけにしっかりと頷く犬の腹が、再びクゥと鳴いた。止まらない腹の音に、犬が恥ずかしそうに目を伏せる。

その姿を前に、俺はハタと新たな問題へぶち当たった。

「この城には、人間の食いモンがねぇ」

「……そうなんですね」

そう、ここは魔王城だ。人間の食いモノなんてあるワケがない。俺も、人間の食事が要《い》らなくなったのは昨日や今日の話ではない。さて、どうしたものかと俺が頭を抱えていると、犬はなんて事のない顔で言った。

「でしたら、俺が買いに行きます」

「は？　ダメに決まってんだろ」

「え？」

「俺が買ってくる。お前はここに居ろ」

そう言って俺が椅子から立ち上がると、犬が派手に慌て始めた。

「えっ、それはちょっと……！」

「あ？　俺に逆らうのか」

「いいえ、そんなつもりはなくて、ただ俺の食事なのに！」

「いい。お前は大人しく待ってろ」

犬を外に出すと、また逃げてどこかへ行くかもしれない。ひとまず、パンか何か買ってくればいいか、と久々に人間の食いモノについて考えていると、ガシリと俺の腕が摑《つか》まれた。

「あ、あの。でしたら、一緒に連れて行ってください！　俺のモノを買うのに、初代様だけに御足労頂くのは……ちょっと」

犬にしては、やけにハッキリとした意思表示に、俺は肩を竦《すく》めた。確かに、犬にも食いモノの好みがあるだろう。その辺は俺にも分からない。

「分かった。その代わり、俺から離れたらタダじゃおかねぇからな」

「はい、ありがとうございます！」

「絶対だからな」

「はい！」

元気の良い返事に、俺は犬の手をガシリと摑み、そのまま犬のメシを買う為に久々に人里へと下りたのであった。

◇◆◇

買い物が終わった。

どうやら、犬は出来あいのモノではなく自分で何か作るつもりのようで、肉や野菜、魚など料理の素材を両手に買い込んでいた。

「初代様、ありがとうございます」

「いや、いい。さっさとメシを作ってこい」

「はい！」

もう三日も碌《ろく》に食っていないくせに、わざわざメシを一から作ろうとするなど変わった犬だ。ひとまず、どうせ人里に下りたのだからと、食堂に入ろうとした俺に犬は「いいえ、作ります」と、食堂を素通りしたのだ。

その間も、犬の腹はクゥクゥと子犬のように鳴き喚《わめ》いていた。意味が分からん。

「あの、初代様」

「あ……は⁉」

未だに俺に話しかけてくる犬に俺が目を向けると、そこには荷物を脇に置いて、床にベッタリと土下座する犬の姿があった。コイツは一体何をやっているんだ！

「調理器具や食器まで買って貰って、本当にありがとうございます。大事に使わせて頂きます」

「だから！　んな事してる暇があったらサッサとメシ作って食え。マジで死んだらぶっ殺すからな」

「は、はいっ！」

俺の言葉に飛びあがって駆け出して行った犬に、俺は眉を顰めた。

「……いや、殺したらダメだろ」

あぁ、そうだ。犬には永遠に俺の傍に居て貰わないといけないのだから。

◇◆◇

「初代様、出来ました」

そう言って俺の元に駆け寄ってきた犬の手には、湯気の立つ温かいスープがあった。フワリと漂ってきた匂いに、俺は首を傾げる。

「どうぞ。あ。もう少し多くよそいますか？」

「は？　俺にか」

「え、あ……はい。初代様の分です」

当たり前のように言ってくる犬に、俺は呆《あき》れるしかなかった。

「……俺はもう魔族だから、人間のメシを食う必要はねぇって言わなかったか？」

「っあ！」

犬の真っ黒な目が大きく見開かれる。その間も、犬の手にあるスープからはフワリと美味そうな匂いが湯気と共に香ってきた。

「っすみません！　いつもの癖で」

いつもの癖。

その言葉に、俺は「あぁ、そうか」と内心頷いた。そうだ。つい最近まで、コイツは人間だった頃の俺に、メシを作ってたのだ。それこそ、ほんの数日前まで。

だから、食堂に立ち寄るのではなく食材を買い、頑《かたく》なに自分の手で〝調理〟する事に拘《こだわ》っていたのか。旅をしていた頃の俺は、犬の食事以外は受け付けなかったから。

犬の中では、俺は〝あの頃の俺〟のままなのだ。

「すみませんでした。これは、明日の朝、俺が食べます。食材を無駄にはしません」

そう言ってスープを持ったまま、此方に背を向けようとする犬に、俺は無意識に犬を呼び止めていた。

「いや、食う」

「あの、無理されなくても……」

「食う。もう、黙れ」

俺はフワリと鼻孔《びこう》を擽《くすぐ》ってくるスープの匂いに、微かに目を細めた。懐かしい。人間のメシ……いや、犬の作ったメシなんて、いつぶりだろうか。

「お口に合わなかったら、遠慮せず残してください」

「ああ」

心配そうにしながらも、犬は他にも様々な食事を机に広げ始めた。そのどれもが俺にとっては懐かしく、しかしあの頃は、毎日のように食べていた〝当たり前の食事〟だった。

「いただきます」

「……いただき、ます」

席について手を合わせる犬の姿に、俺も同じように口にしてみる。初めてこんな事を言った。スープを一口だけすする。吐き気は襲ってこない。それどころか——。

「……うめぇ」

「良かったです。じゃあ、俺も」

俺の言葉にホッとしたように、犬も食事を始めた。腹が減っていたせいだろう。カチャカチャと食器をぶつけるペースが俺よりも早い。その音を聞きながら、俺は目の前に並べられた食事の一つ一つを、味を確かめるように口に入れた。

そのどれもが美味く、吐き気など一切襲ってこなかった。

「……うまい」

「ふふ。良かった」

俺の言葉に、犬が微笑《ほほえ》む。一口、また一口と静かに食事を口にする。どんどんと皿の上から料理がその姿を消していく中、遠い記憶が俺の脳裏を掠《かす》めた。

——あなた、またそうやって食事を残して。

——お父様、食べられないのですか？

——つぅえぇっ！　つはぁ、つはぁ。

何を食っても吐き気がした。それでも食わなきゃ生きていけない。だから無理やり喉の奥に食事を流し込み、その結果何度も何度も吐いた。

——犬、メシは？

（後で、スープを持って行きますね）

そう、心の中で何度も何度も問い返していたのに、犬は決して俺の望みに答えてはくれなかった。

——この、ウソつきが。

悪魔と契約して「人」ではなくなった時、正直ホッとした。「食えない」苦しみは、もうたくさんだ。

だから、俺が食事をする事など、もうないだろうと思っていたのに。

「うまい……」

口をついて出てくる「うまい」という言葉。それと同時に、視界が歪むのを感じた。あぁ、やべぇ。でも、もうダメだ。

「えっ……。しょ、初代様？」

犬の驚いたような声が俺の耳に響く。しかし、俺はそれに答えてやる事は出来なかった。何せ、今の俺は、この至近距離に居る犬の姿すらまともに映しだせなかったからだ。

「しょ、初代様？　な、なんで泣いていらっしゃるんですか⁉」

「っな、んでも、ねぇよ」

「で、でも。でも」

耐えきれずに涙を流す俺に対し、犬は面白いくらいにオタついていた。椅子から立ち上がり、俺の周囲で落ち着きなく動き回っている。そうなるのも無理はない。俺が犬の前で泣くのは初めてだった筈だ。

「っう、っぅ」

ボロボロと流れる涙を、瞼《まぶた》の上から手で抑えるものの、一度決壊した涙腺はその程度じゃ止める事は出来なかった。

「あ、あの！　美味しくないのであれば、さ、さ、下げますので！　あの」

「美味いっつってんだろうがっ！」

「っ！」

「っもう、なにも、いうな……」

やっと、食えた。やっと……犬の、メシが。

俺は静かになった犬の前で、再びスープを口に運んだ。あぁ、美味い。これだ。俺はずっとコレが食べたかった。

――後で作って持って行きますね。スープの準備は出来てますよ？

遅《おせ》ぇ、遅ぇよ。「後で」って、どれだけ待たせるんだ。なぁ、犬。

俺は耳の奥で何度も何度も聞いた、希望と絶望の言葉を犬のスープと共に呑《の》み下した。

「う、まい。っう。めぇ……」

犬のスープを飲みながら、俺は思った。

俺の長かった旅は、やっと〝最終的な所〟まで行きついたのだ、と。

初代様には名前が無い！

一

いつぐらいの話だっただろう。

昔、まだ二人で旅をしていた頃だ。初代様に尋ねられた事があった。

『犬、お前。名前はなんて言うんだ』

『へ？』

犬、と当たり前のように俺の事を呼び続けてきた初代様。そんな彼から「名前」を尋ねられた。初代様は、どこか遠くを見つめながら再び俺に尋ねてくる。

『お前にもあるんだろ、普通に親が付けた名前が。なんて言うんだ』

『あ、えっと……』

飯沼結《いいぬまゆい》。

それは、前世の名前という事になるのだが、今の俺にとって〝名前〟と呼ばれるモノは、ソレしかない。

『……俺、犬です』

『は？　いや、俺は普通の名前を聞いてんだよ』

『犬です』

『……もしかして、お前。俺に気ぃ遣ってんのか？』

俺に名前がねぇから。

そう、続けた初代様の言葉に、俺はとっさに顔を上げた。そこには、いつも通り、真《ま》っ直《す》ぐ俺の事を見つめる初代様の姿があった。

「いえ、そんな事は……」

そんな彼に、俺は思わず目を逸《そ》らして俯《うつむ》いた。

そう、初代様には名前が無い。彼は常に「勇者」と呼ばれてきた。

【レジェンド・オブ・ソードクエスト】の勇者の名前は、基本的にプレイヤー側に命名権が与えられる。ＲＰＧの最初によくある【主人公の名前を決めてください】というヤツだ。

そこでは、自分の名前を付ける者も居れば、好きなキャラクターの名前を付ける者、はたまた面倒すぎて「あああああ」なんていう、現在ではネタにすらなってしまったような名前を付ける者と様々だ。

もし、名付けを行わなかった場合は、自動的に「勇者」と名付けられることになってしまう。すなわち初代様を〝勇者様〟と呼ぶこの世界では、きっと誰も彼に名付けを行わなかったという事だ。

ちなみに、俺自身も、いつもプレイする主人公には名前を付けたことは一度もなかった。考えるのが面倒だったし、もちろん、自分の名前など付けたくもない。〝自分〟の存在など、ゲームの世界には、一切不要だ。

だからだろう。最新作をプレイせずに死んだ俺も、元のゲームの時代では「勇者」と呼ばれていた。俺も自分に「名付け」を行っていないから。でも、それでいい。俺も〝名前〟なんて要《い》らない。

『おい、犬』

『はいっ』

『何ぼんやりしてんだ？』

『す、すみません！』

ハッとして顔を上げると、初代様が怪訝《けげん》そうな表情を浮かべ、ジッと此方《こちら》を見ていた。

いけない。ボーっとしすぎてしまったようだ。俺が土下座せんばかりの勢いで頭を下げると、頭上から初代様の呆《あき》れたような声が聞こえてきた。

『ったく、テメェに名前があるからって、俺がイチイチ気にするワケねぇだろうが。そんなん今更だ』

『そう、ですよね』

『俺は勇者だ。それでいい。魔王を倒すまでは、神託通りに生きてやるよ』

『……神託』

この世界の勇者である初代様は、神託により敢《あ》えて名前を付けられていない……という設定になっているらしい。下手に〝名付け〟を行い、魔王を倒すという預言に障りが出たらいけないから、と。

無茶苦茶だ。

『で？　お前の名前はなんなんだ？』

『えっと、その』

初代様の瞳が俺を捕らえる。その瞳は『言え』という命令の色が強く浮かんでいた。この瞳の前には、下手な嘘《うそ》や誤魔化《ごまか》しは一切通用しない。だから、俺は嘘も偽りもない言葉を口にする。

『俺は、初代様に頂いた〝犬〟という名前が好きです』

『あ？』

『元の名前は……あまり好きじゃなくて。なので、俺は──』

初代様には名前が無い。

だったら、俺も名前なんて要らない。

『〝犬〟がいいんです』

それは、紛れもない俺の本心だった。

◇◆◇

ピピピピピ。

「っ！」

その瞬間。俺の耳には、聞き慣れない……いや、どこか聞き慣れた音を拾い上げていた。あれ、この音はなんだ。

「……あれ？　ここは」

ピピピ、ピピピ。

いやに頭に響くその音に、俺はまるで導かれるように手を伸ばした。腕を伸ばした先には、まるでそこにあるのが当たり前みたいな顔で置かれた、目覚まし時計。

「あれ、めざまし……どけい？」

見慣れた筈《はず》の、しかし見慣れないソレに、頭の中が混乱するのを感じる。目覚まし時計なんて、別に大したモノではない。でも、コレは〝此処《ここ》〟にある筈がないモノだ、と頭の片隅で結論づける。寝起きの頭を、違和感という不安が徐々に徐々に、やがて全体まで覆い尽くしていく。

するると、次の瞬間、決定的な違和感が俺の目の前に突き付けられた。

「結ー！　いい加減に起きなさい。いつまで寝てるのー？」

「っ！」

その瞬間、部屋の扉が開かれた。そして、「結」と俺の事を呼ぶ一人の女の人。そう、そこに立っていたのは、俺にとって忘れられない女性の姿だった。

「お、おか、あさん？　なんで……ここに、居るの？」

「はぁ？　寝ぼけてないで、早く起きなさい。どうせ昨日もゲームばっかりして、あんまり寝てないんでしょう」

「え？」

戸惑う俺を余所《よそ》に、お母さんが部屋の隅へと目をやった。つられて目を向けると、そこには乱雑に置かれたゲームのハードとソフトが大量に置いてある。その瞬間、俺の中で「ここがどこか？」という疑問の答えが示された。

ここは〝俺〟の部屋だ。そう、飯沼結の部屋。

「ねぇ……お母さん」

「なに？」

「俺、今……何歳だっけ？」

「はぁ？」

お母さんの呆れた顔を見ながら、俺は徐々に心臓が嫌な音を立て始めるのを止められなかった。なんだ、ここは。俺はどうして〝此処〟に居る。あり得ない。あり得ない。あり得ない。

「寝ぼけるのも大概になさい。こないだ十七歳になったばっかりじゃない」

「じゅうなな、さい」

「もう、お母さんも忙しいだから！　さっさと朝ごはん食べてちょうだいね！」

　バタン。

　無情にも閉められた扉を前に、俺は荒くなる呼吸を抑えながら自身の掌《てのひら》をジッと見つめた。そこには、剣を振るってきたせいで出来たマメも、傷も、何もない。ただただ、傷など元々なかったと言わんばかりの綺麗《きれい》な掌があるだけだった。

「なんで？　初代様は……？」

　俺はカーテンから差し込む光に目を細めると、このワケのわからない状況に嫌な汗が流れるのを止められなかった。

二

これは、一体どういう事だ。

「いいかー！　ここは大事だからよく覚えとけよー」

英語教師の少し耳障りな声が、教室中に響き渡る。これも、見慣れた……でも、あり得ない光景だ。

母親に起こされた後、俺は日常の波に流されるように一日を過ごしていた。

制服に着替え、朝食を食べ、登校し、学校で授業を受ける。そして、今は四限目の授業を受けている最中だ。

ずっと混乱はしている。正直、パニックに近かった。でも、何故《なぜ》だろう。体は全てを覚えているようで、何をどうするのか考えなくても自然と〝当たり前〟の行動が出来た。お陰で、俺の存在に、欠《か》片《けら》も不自然さを持たれてはいない。

俺は現在、高校二年生。

不登校になる直前の飯沼結だ。

「なんで……？」

何者かによって操られているかのように、俺は黒板に書かれた内容をノートに写していく。大事だと言われた所には、マーカーまで引いている始末だ。それでも、俺の頭の中はずっとぐちゃぐちゃだった。

なんで、なんで、なんで。

疑問と混乱が、俺の思考を覆い尽くす。そして、その真ん中にある不安の根源が更に俺を深い不安へと陥れる。

「初代様は……どこだ」

初代様が居ない。いや、むしろ俺が初代様の前から居なくなっている状況なのかもしれない。

そうだ。もしかすると、俺は今何者かによって精神攻撃を受けているとも考えられる。そうでなければおかしい。こんな状況あり得るワケがない。なにせ俺は、既に死んでしまっているのだから。

「どうにかしないと……」

初代様に会えない。

その瞬間、四限目の終わりを示すチャイムの音が学校中に鳴り響いた。

「じゃあ、今日はここまで。次は三十五ページの日本語訳からやっていくからな。予習しとけよー」

先生の言葉と共に、教室中が一気に喧騒《けんそう》に包まれる。昼休みに入るという事もあり、多くの生徒達が連れだって騒ぎ合っていた。もちろん、俺に声をかけてくる者は誰も居ない。それは当時と同じだった。だって、俺には友達なんて一人も居なかったのだから。

「どう、しよう」

どうにかしないといけない。でも、どうする事も出来ずに、ただここまで時間を無為に過ごしてしまった。

初代様は大丈夫だろうか。最後の記憶を辿《たど》ろうとしても、まるで記憶にモヤがかかってしまったかのように何も思い出せない。きっと、これも敵の攻撃の一種だろう。

そこまで考えて、ふと、一つの考えが頭を過《よぎ》った。

「……敵なんて、居たか？」

俺は、敵と交戦中だっただろうか。初代様はどうしていただろうか。昨日、俺は何をどうしていた？

――どうせ昨日の夜もゲームばっかりしてたんでしょう？

「っ！」

その瞬間、お母さんの声がハッキリと頭の中に響き渡った。ゲームばっかりしてた？　そう、確かに俺は家に帰ったら、ずっとゲームばかりするヤツだった。学校に友達なんか居なくて、いつも何かに怯《おび》えて。

俺が心を許せるのは……ゲームをしている時間だけだった。だから、俺は毎日毎日ゲームをして過ごした。寝落ちするまでゲームのコントローラーを握っている事なんてザラだった。

あれ？　待てよ。

「もしかして、全部今までのは……っ！」

夢だったのか？

そこまで言いかけて、俺はとっさに両手で口を塞いだ。ダメだ。これ以上言ったらいけない。そんなワケない。

初代様は居る。絶対にどこかに居る。今、俺は敵の精神攻撃を受けていて、体の自由が利かない状況なんだ。だから、早くこの術を解いて、初代様の所に戻らないと。

だって、俺は初代様の。

「……なんだっけ？」

俺は初代様の〝何〟だった？

ドクドクと心臓が更に嫌な音を立てた。背筋には幾重もの脂汗が流れ、周囲から漂ってくる弁当の匂いに、とっさに吐きそうになる。頭が、痛い。

「……気持ち、悪い」

そう、俺が口元に手を添えた時だった。それまで騒がしかった教室が、一気に静けさを取り戻した。

「おい、飯沼結」

「っ！」

聞き慣れた、そして聞き慣れない声が俺の意識を引っ張り上げた。

「あ……」

「早く来い」

声のする方を見てみれば、そこには金色の髪の毛をした、周囲の生徒とは明らかに一線を画する見た目の男子生徒が立っていた。そんな彼の姿に、それまで騒がしかった周囲の生徒達が息を呑《の》む音が聞こえる。しかし、絶対に彼と目を合わせようとしない。

その中で、彼の目はハッキリと〝俺〟を見ていた。意思の強そうなその瞳に、俺はとっさに「初代様」と口をついて出そうになるのを、すんでの所で止めた。いや、彼は初代様ではない。

「おい、お前に言ってんだよ。飯沼結」

「っは、はい！」

俺は勢いよく席から立ち上がると、彼の元へ走った。そんな俺に、教室中から可哀想《かわいそう》なモノでも見るような視線が向けられる。

注目されるのは苦手だ。でも、どうしてだろう。

「おら、ノロノロすんな。行くぞ」

「はい」

彼の傍《そば》に立った瞬間、それまでの心臓を締め付けるような嫌な感覚が消えた。大きな背中の後ろを、俺は弁当を抱え、身を縮めて歩く。俺は顔を少し下げて、彼の足元だけ見てそそくさと後を追った。

あぁ、良かった。誰かの後ろを歩けばいいんだ。

それはなんとも気が楽で、安心出来る事だった。

◇◆◇

「は、はい。どうぞ……」

「おう」

俺は、自分の弁当を〝彼〟に差し出した。彼はそれを当たり前のように受け取る。

此処は、昇降口側にある、階段裏の物置として使われている空間だ。この場所は普段誰も近寄らない。薄暗く、ジメっとしてるし、何より、目の前の〝彼〟が居るから。

俺はこの場所が好きだった。

「おい、いいのかよ。今日、唐揚げ入ってるぞ」

「い、いいよ。食べて……俺、あんまりお腹《なか》空いてないから」

「ふーん」

皆、俺が彼にパシられて酷《ひど》い扱いを受けていると思っているようだが、実際はそうじゃない。俺は手元にある二袋のパンを見下ろしながら、一つだけ袋を開けた。

最初は確かに彼に言われるがままパンを買ってきていた。でも、彼はパンだけでは足りなかったようで……途中から、俺の弁当を渡すようになった。これは、俺が勝手に始めた事だ。

すると、彼が自然と事前にパンを買ってくるようになった。そのパンを、俺が食べる。昼は毎日そうして過ごした。

「……具合でも悪いのか」

「う、ううん。大丈夫」

「ふーん」

そんな、会話ともつかないようなぎこちない言葉を二、三言交わしながら、俺達は静かに昼食を摂る。遠くから生徒達の笑い声が聞こえる。

穏やかだ。そう、懐かしい。いや、別に懐かしくはないだろう。俺は、昨日もこうして彼と昼食を共にしたのだから。

「お前ってさ」

「は、はい」

「結って、名前なんだな」

「う、うん」

唐突に名前を呼ばれた。そういえば、先程も教室で「飯沼結」と名指しで呼ばれた。珍しい。というか、初めてかもしれない。彼に名前を呼ばれるのは。いや、ずっと呼ばれていたような気もする。

よく、分からない。

「オンナみたいだな」

「……うん、だから。あんまり、好きじゃ、なくて」

「似合ってるけど」

「え？」

「唐揚げ、うめぇ」

静かに淡々と紡がれる会話。穏やかな時間。全部、彼の言う事を聞いていればいい。俺は何も決定せずに、流されて過ごしていれば、学校での時間もいつの間にか終わっている。

「ウマかった」

気付けば、彼の手元にあった俺の弁当は空になっていた。最近、お母さんに量を増やしてもらっていたのに、もうなくなっている。さすがだ。俺なんかよりも体が大きい分、食欲も、食べる量も桁違いだ。

「あの……もっと、量……増やす？」

「あー、まぁ。いいなら」

「分かった、お母さんに言っとく」

「別に無理ならいいからな」

「ううん、お母さん。なんか喜んでるから」

「結もやっと成長期なのね」なんて、全然違うのに嬉《うれ》しそうに弁当の量を増やしていく母の姿を最近よく目にしていた。ごめん、お母さん。貴女《あなた》の息子には、多分成長期なんて来ないよ。

そう、俺が残ったパンを口に含もうとした時だ。

「結」

「……は、はい」

彼に名前を呼ばれた。その目は、ハッキリと俺を見ている。意思の強そうな目。この目を見ていると安心する。まるで、俺の全ての選択肢を彼に委ねてしまっていいような気がするから。

彼は俺の方へと手を伸ばすと、顎の下に添えた。ゴツゴツとした手がスルリと俺の顎の下を撫《な》でる。

あぁ、これは。そうだ。

「結、いつもの」

「……ぅ、あ」

いつもの。

それは〝処理〟の事だ。迷いなんてまるでない彼の瞳が、熱を帯びて俺の唇を見つめている。最近はいつもそうだ。食事を終えたら、俺は彼の性欲処理の為《ため》、口で彼の性器を気持ちよくする役割を貰《もら》っている。

最近、上手になったと褒めて貰えて嬉しかった気がする。さぁ、体を屈《かが》めて彼の前に跪《ひざまず》かないと。

そう思っているのに。

「……結？」

「あ、あ……あの」

何故だか、体が動かなかった。彼の目が少しの鋭さを帯びて俺を見つめている。不満だと、ハッキリとその目が言っていた。

そりゃあそうだろう。毎日、毎日、毎日。俺は彼の性器を咥《くわ》え、彼が達するまで必死に頭を動かし、舌を這《は》わせてきた。彼に勢いがある時は、昼休み中にもかかわらず、一度だけではなく二度目の射精を迎える事だって、最近ではザラなのに。

「出来ねぇのか。結」

「……ごめ、なさい。あの、俺」

手元にあるパンの袋をクシャリと握りつぶしながら、俺は彼の瞳から目を逸らした。

「……やっぱり、具合が、悪くて」

俺は一体何を言っているのだろう。いつものようにヤればいいのに。具合が悪いなんて嘘だ。最近、上手になってきたと褒めて貰って、嬉しかったじゃないか。もっと上手になって、彼を喜ばせようと意気込んでいたではないか。

それなのに――。

――俺以外に触らせるな。

「っ！」

耳の奥から不機嫌そうな声が聞こえてきた。その瞬間、俺は顎に触れていた彼の手から逃げるように身を引いた。

「っ、あ、あ……あの……俺」

自分の行動に、俺自身驚いてしまっていた。何故、いつものように出来ないのだろう。どうして彼の手から逃げたのだろう。

「ビビんな。別にいい」

彼の声が不機嫌さを孕《はら》んだまま返される。でも、怒ってはいないようだ。

「ごめん、なさい」

「具合が悪《わり》ぃんだろ。いい、気にすんな」

彼の声を聞きながら、俺は静かに頷《うなず》いた。でも、一切目を合わせる事が出来ない。何故か。

「そろそろ、行くか」

「うん……」

嘘をついているからだ。

具合なんて悪くない。ただ、絶対に彼の処理をしてはいけない、と体が何かの命令に従うように拒否をしてしまった。

「……初代、様」

「あ？　なんだって？」

「う、ううん。なんでもない、よ」

俺は彼の足元を見つめながら首を横に振ると、空の弁当箱を腕に抱え少しだけホッとしていた。

良かった、初代様の言いつけを破らずに済んだ、と。

でも、その直後。自分の頭の中に浮かんできた言葉に背筋が冷えるのを感じた。

「……初代様って、誰だっけ？」

再び「なんだよ」と振り返ってきた彼に、俺は返事をする事も、首を振る事も出来なかった。

◇◆◇

初代様、初代様、初代様。

「……初代様って、誰だ？」

言い慣れた言葉の気がするのに、誰の事だか分からない。もちろん、顔も浮かんでこない。ただ、その人物が絶対に忘れてはいけない人だという事は、なんとなく全身で感じた。だからこそ、俺はこんなに動揺してしまっているのだ。

「じゃあ、明日から中間が始まるから。皆、今日はさっさと帰って勉強するように」

何事もなく学校が終わった。

教師の言葉を機に、再び教室内が喧騒に包まれる。明日から中間テストらしい。だったら、早く帰って少しくらいは勉強しないと。

ただ、そうやって時間が、いつものように過ぎていくのが、今の俺にとっては怖くてたまらなかった。そして、本能的に思う。

「……どう、しよう。どうしよう」

俺はこのままでは大切な事を完全に忘れてしまう、と。

「……げーむ、しなきゃ」

中間前だから勉強しないと、と思った矢先、そんな言葉が口から漏れる。いや、ゲームなんてしてる場合じゃないだろ。勉強をしないと。でも、今はむしろ勉強なんかしている場合ではない気がした。

「か、帰ろう」

居ても立ってもいられず、ホームルームを終えた瞬間、俺は鞄《かばん》を抱えて走り出した。まずは家に帰ろう。そして、ゲームをしないと。

「……っはぁ、っはぁ」

運動不足なせいか、少し走っただけなのに口の中が血の味で満たされた。足が重い。息苦しい。頭がボーッとする。

「はぁっ、っぅ。……きつっ」

校舎から出たばかりにもかかわらず、足が止まってしまった。膝に手をつき、肩で息をする。周囲から聞こえる下校中の生徒達の声が、どこか遠くの出来事に思えた。

たったこれしきの距離を走っただけで、なんだこのザマは。と、頭の片隅に過った考えに、俺は眉を顰《ひそ》めた。俺は一体、いつの〝俺〟と比べて「このザマ」などと思ってしまっているのだろう。これではまるで、俺に凄《すさ》まじく体力があったようではないか。

「……げーむ、しないと」

再び、強い衝動が俺を襲う。そう、俺が重い足を引きずるように前に出した時だ。

「おい、大丈夫か？」

「っ！」

俺の体に大きな影がかかる。顔を上げると、そこには〝彼〟が居た。その姿に、俺は思わず息を呑む。

「しょ、だいさま？」

金髪が夕日を受けてまばゆい輝きを放ち、深い真っ黒な瞳が俺を見下ろしている。まるで初代様のようだ、と自然と浮かんできた言葉に、思わず泣きそうになった。

初代様。誰の事なのか、むしろ何なのかさえも一切思い出せない。思い出せないが、俺は目の前の初代様に似た〝彼〟に思わず縋《すが》ってしまいたくなる。

「また、ソレ言ってんのか……初代様。何かのキャラか」

「……わか、らない」

「お前、今日変だぞ。具合、まだ悪いのか」

変と言われればそうかもしれない。いつもの俺なら、昼休み〝彼〟の命令に逆らうような事は絶対にしなかっただろう。ふと気付けば、彼の手が俺の方へと向けられている。「あ、触られる」そう思った時だった。

——俺以外に触らせるな、犬。

「っ！」

また〝あの声〟だ。

再び響いてきた言葉に、俺はとっさに後ろへ一歩下がる。そのせいで、彼が俺に触れる為に伸ばした手が目の前で空を切った。俺の行動に、彼の切れ長の目は大きく見開かれ、自らの手を所在なく見つめている。

「……お、俺。ちょっと、頭が、痛くて」

「そう、か」

「だから……か、帰るね」

「分かった」

嘘じゃない。本当に頭が痛かったから。だから、これは嘘じゃない。俺は、少しだけ悲しみを帯びる彼の瞳から逃れるように軽く頭を下げると、そのまま再び走り出した。

心臓がドキドキする。それは、先程まで感じていたような、胸を圧迫するような感覚ではない。俺はただ興奮していた。

「……犬。そう、俺は初代様の犬だ！」

薄らいでいた記憶の糸に再び微《かす》かに触れた気がした。

もう苦しくない。足取りも軽い。気持ち悪くもない。そうだ。俺にとってこの程度走るくらいどうってことなかった筈だ。

俺は自然と体勢を低くすると、そのまま自宅まで一気に駆け抜けた。

◇◆◇

【レジェンド・オブ・ソードクエスト】

俺が帰るや否や手に取ったのは、日本で一番売れている……いや、俺が一番好きなゲームだった。ゲームをしなければ。そう、俺は何かに突き動かされるように部屋の中のゲームをひっくり返した。

「違う……違う。コレじゃない。コッチでもない」

移植やリメイクを重ね、最新作までの殆《ほとん》どの【レジェンドシリーズ】を持っている俺だが、そのどれもが〝違う〟と感じた。何がどう違うのか。ハッキリとは分からないが、俺がすべきゲームは此処にはないという事だけは本能的に理解できた。

「初代、様……」

思わず、ずっと頭にこびりついて離れないその言葉を、俺はボソリと口にしていた。「初代」それは「一番最初」という意味だ。そして、俺が唯一持っていないナンバリング作品でもある。

「一番最初の、レジェンド・オブ・ソードクエスト……」

これまで発売されてきた作品の中で、唯一、リメイクも、移植もされていない。伝説の始まりとも呼ばれる作品。

「探さないと」

俺は手にしていたゲームを放り投げると、再び部屋から飛び出した。そして、そのまま玄関を出ようとした時だ。背後から母親の声がした。

「ちょっと結、どこに行くのよ！　もうすぐ夕ごはんよ！」

「っあ、えっと！」

靴を履きかけていたところから、俺はとっさに声のする方を振り返る。すると、そこには今朝と変わらない姿で俺を見つめる母親が居た。

その姿に、俺は触れた薄い記憶の糸から、鮮明に母の記憶を引き寄せていた。

――結、ごはん。ここに置いとくわね。ちゃんと食べるのよ。

「お、かあさん」

「ちょっと、どうしたの？　貴方朝から変よ」

玄関で立ち尽くす俺に、お母さんは心配そうに駆け寄ってきた。そう、そうだ。俺はこの人にとんでもない迷惑をかけてきた。部屋から出ない、という迷惑を。しかしそれ以上に、俺は、この人にとんでもない事をしてしまった。

「ごめん、お母さん」

「なによ、急に。具合でも悪いの？」

お母さんの手が俺の額に触れる。温かい。この人は、どんな時も俺にごはんを作ってくれた。毎日毎日、俺が生まれてからずっと。俺が……死ぬ、その日まで。

「お母さん、毎日ごはん作ってくれて……ありがとう」

「えっ、ちょっと。どうしたのよ？」

「毎日、ごはん作るって……大変だね」

「はぁ？」

今の俺なら少しだけ分かる。

人は生きてる限り、食事を摂《と》る。出来るだけ美味《おい》しいモノを、栄養の事まで考えて。毎日毎日、この人は〝母親〟というだけで、当たり前のように俺にソレを与えてくれていた。

それに対して、俺もまた当たり前だと思って過ごしていた。「美味しい」とか「コレが好きだ」とか。成長するにつれて、そういう反応すらしなくなっていたというのに。

――あー、うめぇ。

美味しいと言って貰えるだけで、それまでの全てが報われるなんて、知りもせず。けど、今の俺なら分かる。

「お母さんのごはん、好きだったよ。全部美味しい」

「結？」

「今まで、ありがとうございました」

そんな事を、死んでからやっと気づく事になるなんて。少し、悔しい。

「お母さん、今日は夕ごはんいらない」

「……どうして？」

「ごめん。ちょっとゲームしたいから」

「あなたって子は。本当にゲームが好きなのね」

俺の言葉に、お母さんは呆れた表情で肩を竦《すく》めた。額に触れていた手がゆっくりと離れていく。ソッとなくなってしまったその温《ぬく》もりに、俺はどことなく寂《さみ》しさを覚えた。

「ねぇ、結？」

「なに」

どこか嬉しそうにお母さんが俺の名前を呼んだ。「結」という、女みたいで俺があまり好きではなかった名前を。そりゃあもう、嬉しそうな顔で。

「〝結〟って名前、お母さんが付けたのよ」

「そう、だったんだ」

初耳だ。そう言えば、そういった話すら一度もした事がなかった。二十年以上、ずっと親子として暮らしてきたのに。

「色々意味は込めたけど……まぁ、そういうのは親のエゴだから気にしなくて良《い》いわ。でも、ね」

お母さんは俺の肩を軽く叩《たた》くと、俺の長い前髪を少しだけかきわけた。目の前に、いつもよりハッキリとお母さんの姿が映し出される。

「女の子みたいであんまり好きじゃないかもしれないけど。少しでいいから、名前も……そして、自分も好きになって欲しいわ」

「……」

「お母さんは結が好きよ」

「っ！」

そう言って微笑《ほほえ》むお母さんに、俺はとっさに、履きかけていた靴に手を伸ばすフリをして俯いた。最後に、爪先を二、三度地面に叩きつける。その間に、呼吸を整える。そうしなければ、泣いてしまいそうだった。

今更理解しても遅いのに。この人に言っても、きっと先程の俺の気持ちが、本当にお母さんに伝わったワケではないのだろう。悔しい。もっと話していれば良かった。

でも、〝今〟話せて良かった。

「じゃ、ゲーム探してくる」

「気を付けていってらっしゃい」

玄関の戸を開けようとした俺に、お母さんの見送りの声が響く。先程までせり上がっていた涙の奔流が少しだけ引いていく。良かった。そう思った時だ。

「結」

お母さんの声に、俺が再び振り返る。すると、そこには腕を組んで笑う、俺のお母さんが居た。

「ごはん、冷蔵庫に入れとくから。好きな時に食べなさい」

それだけ言うと、そのままキッチンへと戻って行った。ゴクリと、唾液を深く飲み下す音が聞こえる。

お母さん、お母さん、お母さん。

「……あ、りがとう」

それだけ言うのが精一杯だった。先程、せき止めた筈の涙が再び目元を熱くする。

俺はあの人にたくさん迷惑をかけた。ずっと心配をかけた。社交性もなくて、学校で友達も出来ない俺を、あの人は俺以上に心配してくれていた。部屋に引きこもった時も、文句も言わずに、毎日ごはんを用意してくれていた。

挙句、あの人より先に俺は死んだ。

「……行かないと」

この世界はやっぱりどこかおかしい。だって、この世界に〝俺〟はもう存在しないのだから。

そう、やっぱり俺は、〝飯沼結〟は死んだのだ。

三

無い、無い、無い。

どこにも無い。

「レジェンドシリーズの初代？　あぁ、ウチには置いてないなぁ」

「初代？　あれはさすがに置いてないよ。もう二十年近く前の作品だろ？」

「リメイクした2なら置いてるけど、それじゃダメ？」

ダメだ。

初代じゃないと。そうしないと――。

「初代様に会えない！」

微かだった記憶の糸から、スルリスルリと次の記憶が蘇ってくる。体中に溶けていた記憶が再びその姿を浮かび上がらせた。俺は一体何をやっていたんだろう。初代様を忘れるなんて。犬失格だ。

「どうしよう……また時間が経《た》つと、記憶がなくなるかもしれないのに」

そうだ。ゆっくりゲームを探している暇などない。この世界がなんなのかは、未だに俺にも分からない。でも、今朝の事を思えば、あまりゆっくりしていられない事だけは分かる。日常の波に呑まれれば、きっと俺は再び、自分が何者で初代様が誰なのかを忘れてしまうかも。

周囲と時間に流される。それは、俺の生き方そのものだ。そうやって、俺はこれまで全てに流されて生きてきたのだから。

「流れに逆らわないと、ダメなんだ」

自分の意思を貫くというのは、こんなに大変な事なのか。初代様は、やっぱり凄《すご》い。さすがは「伝説」の始まりだ。

「早く、早くしないと」

時刻は現在、十九時三十分。あと三十分もすれば、どこの店も閉まってしまうだろう。

怖い。また明日探せば良いなんて思って眠りについてしまったら、また今朝のように少しずつ全てを忘れてしまうかも。いや、むしろ。今度こそ完全に全てを忘れて思い出せなくなるかもしれないのだ。

「……そんなの嫌だ」

そうやって、俺は古いゲームショップから大型の電気屋まで、片っ端からレジェンドシリーズの初代を求めて探し回った。でも――。

「初代は置いてないね。プレミアも付いてるし、店舗で取り扱いをしてる所はないんじゃない？」

「そう、ですか」

「友達に聞いてみた方が早いかもしれないよ。特に、こういう古いゲームはね」

「……はい」

結局、初代はどこにも見つからなかった。

「……友達なんて、居ないよ」

閉店していく店を前に、俺はボソリと呟《つぶや》いた。

友達に聞いてみた方が良いなんて言われても、友達なんて一人も居ない。俺はずっと一人だった。

自分に自信がなくて、皆が俺を見て笑ってるような気がして、怖くて上手に喋《しゃべ》れなかった。自分の意見を言うなんて到底ムリで、俺は、いつも周囲の顔色を窺《うかが》って俯いて生きてきた。

そんな俺の、唯一の友達がゲームだった。俺には、ゲームしかなかったのだ。

「どう、しよう……」

気付けば、俺は近所の公園に立ち尽くしていた。もちろん、他には誰も居ない。いつの間に、こんな場所に来ていたのだろう。時計を見れば、時刻は夜の九時を回っていた。もう、ゲームを置いている店で、開いている所はないに違いない。

結局、俺は初代を手に入れる事は出来なかったのだ。

「じゃあ、俺はもう……初代様には、会えない？」

過った思考に、背筋がゾッとした。

そんなの嫌だ。俺はあの人と居るのが一番楽しかった。俺のつまらない人生の中で、感じた〝一番〟なんて、初代様はきっと「嬉しくねぇよ」と、眉間に皺《しわ》を寄せながら言うだろう。むしろ気持ち悪がられるかも。

「会いたい……」

それでもいい。それでも俺は初代様と一緒が良い。選択しなくて済むからとか、命令してくれるからとか。そういう面倒から俺を解放してくれたからではない。

俺はただ、初代様が好きだった。

「っう、うぇ」

会いたい、会いたい、会いたい。

視界が涙で歪《ゆが》む。呼吸もままならない。苦しい。

もういっその事、全て忘れてこの夢の世界で初代様を忘れた方が楽なんじゃないかと思った。いつもみたいに周囲に流されて生きていけば、また前回のように殺されて、もう一度初代様に会えるかも。

「いやだぁっ……！　今、あいだいっ！」

なんて、思えるワケがなかった。

そうだ。待てない。流された方が楽かもしれないけど、それじゃあちっとも楽しくない。初めて知った。俺は初代様と一緒に居ると「ラク」だから「楽しかった」んじゃない。「楽しかった」から、「楽しかった」んだ。そんな当たり前の事を俺は今になってようやく理解した。

「しょだいさま、だずげでぇ」

ワケも分からないまま薄暗い公園で蹲《うずくま》って泣いた。「初代様、初代様」とうわごとのように口にして、必死に彼を忘れないでいる事しか出来なかった。

そうやって、どのくらい泣いていただろう。突然、俺の腕が、物凄い力で引っ張られた。

「おいっ！　何やってんだ、こんな所で！」

「っぅあ！」

焦ったような、低い声が俺の耳をつく。歪む視界で声のする方を見上げると、そこには彼が居た。

「結、お前。こんな所で何やってんだ。……泣いてんのか？」

「……ぁ、う」

「ひでぇ顔」

彼が、俺の顔を見て眉間に皺を寄せる。そして、腕を引っ張っていた手を離すと、そのまま涙の流れる俺の頬《ほお》に、ソッと手を伸ばした。

——犬、分かってるよな。俺以外には、どうするんだ。

「っ！」

再び聞こえてきた不機嫌そうな声に、俺は弾かれたようにその手から逃れた。

そして、自分の手で涙をゴシゴシと拭う。泣いてる場合じゃない。初代様はここには居ないのだ。

泣いて助けを求めても、自分の望む未来は得られない事は、もう分かっていた筈なのに。

「……なんでも、ないよ」

「お前はなんでもないのに、こんな所で一人で泣くのか」

「ほんとに、なんでも……なくて」

「言え」

言え。と、短い言葉で彼が言う。これまでの優しい口調ではない。それはハッキリとした命令だった。その言葉に、やっぱり初代様を思い出してしまう。

「言えよ、結。なんで泣いてた」

まるで初代様に尋ねられているような懐かしい感覚に、俺は思わずボソリと呟いていた。

「……ゲームが、どこにもなくて」

「ゲーム？」

彼の声に、少しだけ疑いの色が濃くなる。確かにゲームが見つからないからと言って、夜に誰も居ない公園で蹲って泣く高校生なんて普通は居ないだろう。でも、これは嘘じゃない。本当の事だ。

「レジェンドシリーズの初代がやりたくて、ずっと店を探してたけど、見つからないんだ。だから

「……」

泣いてた。

そう、彼の目を見つめながら、いつもよりハッキリと口にする。すると、そんな俺に彼は嘘ではないと悟ったのか、真っ黒な目を大きく見開いて「マジかよ」と呆れたように呟いた。

「お前、明日からテストなんじゃねーの」

まるで、自分はテストなんて関係ないような口調で言う。でも、確かに不良の彼にはテストなんて意味ないのかもしれない。そして、既に死んでいる俺にも、テストなんて意味ない。

「テストなんかどうでも良い。俺は……ゲームをしなきゃ」

「ふーん。レジェンドシリーズって……レジェンド・オブ・ソードクエストの事か？」

「うん」

さすがに彼も知ってはいるようだ。そりゃあそうだ、日本で一番売れている、それこそ「伝説」みたいなゲームシリーズなのだから。

「初代……1って事だよな」

「うん、でも古すぎてどこにも置いてなかった。どうしても……すぐやらなきゃいけないのに」

彼と喋っていて少しだけ気持ちが楽になったが、結局、現状は何も変わらない。どうすればいいんだろう。そう、俺が再び肩を落とした時だった。

「うち、あるけど」

「っへ!?」

「初代なら、俺の家にある」

「う、う、う……うそ！」

まさかの言葉に、俺は思わず彼に一歩詰め寄る。まさか、こんなゲームなんかしそうにない彼が、レジェンドシリーズの……しかも初代を持っているなんて。

「嘘じゃねぇよ。兄ちゃんが持ってたから……。うち、全部ある。俺も全部やってるし」

「っっっ！」

恥ずかしいのか、彼は首の後ろに手をかけながら、フイと俺から目を逸らす。暗いから分かりにくいが、微かに顔も赤い気がする。

「そう、だったんだ」

「おう」

まさか、彼がゲームをするとは思わなかった。こんな近くに、こんなに話の合いそうな人が居たなんて。俺は、胸が高鳴るのを止められなかった。そして、ふと先程のゲーム屋の店員が言っていた言葉を思い出す。

『友達に聞いてみた方が早いかもしれないよ。特に、こういう古いゲームはね』

友達。俺と彼は、果たして友達なのだろうか。そもそも、どういう関係なのだろう。

「どれが好き？」

「えっ」

「どのシリーズが、一番好きなんだよ」

恥ずかしさの中で逸らされていた視線が、チラと俺の方へ向けられる。そして、彼がゲームの話をしているのだという事に気付く。その問いかけに、腹の底から湧き上がっていた高揚感が、体中を駆け巡って俺の体を熱くした。

「俺は……7が好き。ストーリーが感動するから」

「分かる。俺も、一番好きなのは7」

「っだよね！」

思わず声が大きくなる。まさか、好きなナンバリング作品も被《かぶ》るなんて思ってもみなかった。

「戦闘もいいんだよな。7は。空中コンボが決めやすい」

「分かるっ、仲間との連携が取りやすいから、動かしてて楽しかった！」

ずっと、一人でゲームをしていた。ゲームだけが友達で、ゲームをしている時だけが、俺にとって安心して楽しめる時間だった。

それでも小学生の頃までは、まだ良かった。皆、同じようにレジェンドシリーズのゲームをしていたから。ゲームは俺とその他の世界を繋《つな》ぐ……架け橋だった。でも、すぐにそうではなくなった。

『なに、お前まだゲームなんてしてんの？』

『俺、やった事ないんだよな。ハード持ってないし』

『そんな事より、カラオケ行こうぜ』

成長するにつれ、周囲でゲームをしている人間は減っていった。ゲームしか知らない俺は、どんどん周りの話に付いていけなくなって、自分の殻に閉じこもるようになった。

そんな中で、初めて出会った。

「懐かしいな。7やりたくなってきたわ」

「うん、俺も」

あぁ、ここに居たんだ。俺とゲームの話をしてくれる人が。ここに居た。

「なぁ、結」

「なに？」

嬉しくて思わず顔を上げると、いつの間にか俺の頬には、先程避《よ》けた筈の彼の掌が触れていた。その手は大きくて、温かかった。

「俺の家、来るか？」

「……へ？」

彼の提案に、俺は息を呑む。そして、頬に触れていた手が、スルスルと二、三度行き来したかと思うと、そのまま俺の顎の下へと移動していた。背筋が、妙にゾクゾクする。

「初代がやりたいなら、俺ん家《ち》に来ればやれる……やれる」

「あ」

そうだ。彼の家には俺の念願だった初代のソードクエストがあるのだ。だから、彼の家に行けば、苦もなくゲームが出来る。

初代様に、会える。あれ、初代様って……。

誰だっけ。

「来いよ、結」

――お前が居なくて、寂しかった。

「っ！」

その瞬間、俺は俺の体に触れる彼の手を右手で摑《つか》んだ。そして、そのまま下へと降ろさせる。力はさほど込めずに済んだ。彼は抵抗なんて一切しなかったから。

ただ、その顔はこれまで見た事のない程、悲しげな色に染まっていた。もしかすると、彼も俺が初めてだったのかもしれない。

こうして、誰かとゲームの話をするのは。

「……結」

「ごめん、行けない」

「なんで。俺ん家に来たら……出来るんだぞ。お前のやりたがってる初代が。それに俺とも一緒にゲームの話が出来る」

「うん、きっと楽しいと思う。ほんとは……凄く行きたい」

「だったら」

来いよ。と、彼が声には出さず、その視線だけで伝えてくる。

俺も彼の家に行きたい。また、誰かとゲームが出来るなんて、想像するだけで心が躍った。二人で並んで画面を見ながら、あーでもないこーでもないって喋りながら、たまに他のゲームの話なんかもして。きっと、凄く凄く楽しいのだろう。

「ごめん……行けない」

でも、それじゃダメだ。ダメなんだ。

「なんでそんなに苦しそうなのに、無理してんだよ。結」

「……だって」

俺は、どこか苦しそうな表情で此方を見つめる彼に静かに首を振った。そして、言う。

「初代様が一人なのに、俺がキミと二人でゲームしたら……きっと寂しいと思うから」

「……ワケ、わかんね」

「うん、ごめん。ワケ分かんないね。でも、ダメだから」

俺は泣きそうな気持ちを堪《こら》え、彼を見た。真っ直ぐ、目を逸らす事なく。そして、手を振る。

「今までありがとう。キミのお陰で、学校も楽しかった」

「な、に……言ってんだよ。結」

「一緒に、卒業したかったなぁ」

でも、この彼に言っても意味はない。だって、この彼もあの時の〝彼〟ではないから。だって、彼は一度だって俺の事を「結」とは呼ばなかった。

これは、俺の願望だ。

「じゃあね」

「……」

何も言わない彼に、俺は静かに背を向けた。本能的に察した。俺は家に帰らなければならない、と。

あの頃の俺の願望。

誰かと一緒にゲームがしたい。友達に「名前」で呼ばれたい。

普通の人にとっては、些細《ささい》としか言いようのないその二つが、俺があの世界で手にする事の出来なかった願いだ。

「でも、今は違う」

今の俺の願望は「初代様に会いたい」。

ただ、それだけだ。

◇◆◇

家に帰り着く頃には、時計の針は二十三時を回っていた。

「いつの間に……」

そんなに彼と話していたのだろうか。両親も寝静まった家に、俺は音を立てないように、ソッと入った。そして、家に入った瞬間、微かに鼻孔《びこう》を擽《くすぐ》る懐かしい香りにゴクリと喉を鳴らした。

「カレーだ」

家を出る直前に、お母さんが口にしていた言葉を思い出す。

『ごはん、冷蔵庫に入れとくから。好きな時に食べなさい』

俺はその声に導かれるように、キッチンへと向かう。すると予想通り、そこにはお母さんの作ったカレーがあった。そういえば、昼に食べたパン以降、何も食べていない。グウと小さく自己主張を始めた腹を撫でつつ、俺は慣れた手つきでカレーを温めた。

懐かしい。カレー、好きだったな。

準備したカレーを皿に盛り、ゆっくりと部屋へ戻る。もう、今朝のような胸のザワつきはない。この扉を開ければ、俺は初代様に会える。何故か、そう確信していた。

「……やっぱりあった」

部屋に入ると、そこには見慣れないハードと、そして初代のゲームソフトが置いてあった。律義な事に、既にテレビにセットされている。古い古いハードとソフト。俺はテレビの前に座り込むと、カレーを脇に置いてゲームを起動させた。

そして、どこか薄っぺらいコントローラを手に収める。初めて触れるソレは、なんだか新鮮でワクワクした。

「はぁ、凄い」

【レジェンド・オブ・ソードクエスト】

画面に映し出されたドット調のタイトルコール、そしてその下には【つづきから】【はじめから】と書かれた、同じくドット調の文字。

もちろん【はじめから】を選択する。そこで一口、カレーを食べた。美味しい。

「あ……」

その直後、画面に映し出されたモノに、俺は大きく息を吐いた。

「初代、様……」

【ゆうしゃの　なまえを　きめて　ください】

プレイヤーに指示が入る。その言葉の隣にはドット姿の初代様が居た。

「やっと、会えた」

細かく描写されているワケではないが、俺にはハッキリと分かる。初代様だ。ドット姿の彼は、どこか可愛《かわい》く見えた。

しかし、ここで問題が一つ。

「名前……どうしよう」

画面の下方部には「あ〜ん」までの五十音が並ぶ。

ドット調の初代様が、ジッと此方を見ている。きっと何も付けずに始めると「勇者」という名前……いや、役職で呼ばれる事になってしまう。

——俺は勇者だ。それでいい。

そう言った初代様の言葉が頭を過る。でも、俺は知っている。その時の彼の目が、俺を見ていなかった事を。普通の人々が、気安げに名前を呼び合っているのを、遠い目で見つめていた事を。

初代様には名前が無い。

でも、俺には「結」という、お母さんが付けてくれた名前がある。夢の中だけど、お母さんや彼に「結」と呼ばれたあの瞬間は、満たされた。嬉しかった。存在を認められていた気がした。

「初代様にも、名前を付けないと」

でも、どうしよう。

そもそも、俺が初代様の名前を付けて良いのだろうか。不安になる。でも尋ねたくとも、画面の向こう側で此方を見つめる初代様は、何も言ってくれない。

「えっと、どうしよう。なんか、格好良い名前がいいですよね？」

でも、そんな事を思えば思う程、何も浮かんでこない。

その間も、ドット調の初代様はトコトコと、歩くモーションを繰り返し、その場に留《とど》まっている。きっと、初代様は早く旅に出たいのだ。何も口にしていない筈なのに、その目は「早くしろ」と俺に言っているような気がした。

「えっと、初代様で……始まりで……一番だから」

あぁ！　もう、いい。

俺は早く初代様と旅に出たい。あの頃のように、二人で並んで楽しく冒険がしたい。俺が、初代様にごはんを作ってあげるんだ。

俺は動作の鈍いコントローラーを強めにボタンを押しながら、名前の欄を埋めていく。

そして、入力を終えた俺は、そのまま「スタート」ボタンを押した。

「……初代様に、怒られそうだな」

俺は画面に映し出された名前を見て小さく笑った。全ての始まり。ベッドに眠る勇者を母親が起こす場面。母親は、眠る息子をこう呼ぶ。

【イチ！　いい加減に起きなさい。いつまで寝てるの⁉】

イチ。

それが、俺の初めての「名付け」だった。

◇◆◇

イチは一人で旅をした。

山を越え、谷を越え。ドラゴンからお姫様を救い、また一人に戻って旅をする。エクスカリバーを守るヒュドラも一人で倒した。水中神殿も一人で攻略した。

ネットに掲載されていた。

初代ソードクエストにはパーティメンバーが存在しない。だから勇者は一人で旅を続け、一人で魔王を倒すのだ、と。

でも、本当はそうじゃなかった。イチは一人じゃなかった。ずっと、プレイヤー達と一緒だった。日本で初めてのロールプレイングゲーム。その主人公は、全ての勇者に憧れる子供達と、ずっと共にあったのだ。

「……はぁ、終わった」

俺はたった一人で魔王を倒した勇者を画面に見つめながらコントローラーから手を離した。

「お疲れ様です。初代様。いや……」

イチ。

俺はそのまま空になったカレーの皿の隣に横たわると、静かに目を閉じた。カーテンの向こうからは、白み始めた空の光が漏れ入ってくる。

結局、徹夜でプレイしてしまった。そのせいか、少し疲れた。でも、満足だ。

「あぁ、おもしろかったぁっ」

ドット調なのに。物語は王道なのに。凄い没入感だった。さすが、伝説の始まりだ。

「やっぱりゲームは……楽しい」

その言葉を最後に、俺はどっぷりと沈む感覚に逆らう事なく意識を手放した。

四

「っ！」

目が覚めた。

その瞬間、見慣れない……でも、見慣れた煌《きら》びやかな天井が目に入った。「あぁ、ここはどこだっけ」そう思った瞬間、この場所がどこかを示す決定打が示された。

「起きたか？」

「……ぁ」

これは完全に聞き慣れた声だ。低く、強い意思を感じさせるその声は——。

「しょだい、さま」

「おう」

初代様だ。

窓から差し込む光に反射して、初代様の金色の髪の毛がキラキラと輝いている。一瞬、夢の中で再会した〝彼〟と、その姿が被って見えてドキリとした。ただ、此方を見つめる初代様の瞳が、あまりにも綺麗な琥珀《こはく》色をしていた為、俺は改めて口にした。

「初代様」

「おう」

俺の二度にわたる呼びかけに、初代様は同じように短く答える。

そんな俺に対し、此方を見下ろす彼の目は、少しだけホッとしたような色を滲《にじ》ませていた。

「犬、お前。自分に何が起こったのか……分かってるか」

「い、いえ。なにも……」

ベッドの上に横になっていた俺はゆっくりと体を起こしながら首を振る。ゆったりとした肌着に身を包む初代様が「そんな事だろうと思った」と頭を抱えながら、ベッドの脇に腰かけた。

「俺は、一体……どうしたんでしょうか」

少しだけ頭がフラつく。それは、寝過ぎた後の感覚とよく似ていた。

俺は片手で頭を押さえながら初代様に尋ねる。すると次の瞬間、初代様の手によって、勢いよく顎を掴まれていた。次いで視界を埋め尽くすのは、少しだけ瞳に怒りを滲ませる初代様の姿。

「いいか、よく聞け。テメェは、この一週間、完全に意識をこの世界から消していたんだ」

「え？」

「簡単に言うと……ほぼ、死んでたんだよ。テメェは」

「っへ!?」

初代様の口から漏れる言葉が何一つ理解できない。意識をこの世界から消していた。ほぼ死んでいた。一体どういう事だろう。

「う、うそ。死んでた？　なん、で？」

「お前。本当に何も覚えてないんだな」

混乱する俺に、初代様の鋭い視線が少しだけ揺れた。気のせいだろうか。初代様、少し痩せた気がする。すると、それまで自分の方に向けていた俺の顔を、今度はグイと奥のテーブルへ向けた。顎が痛い。

「あの、水晶に見覚えは？」

「……あ、あれは」

次に視線の先に映ったのは、占いにでも用いられそうな、まるで絵に描いたような丸い水晶だった。そうだ。あれには、見覚えがある。確か俺が魔王城の蔵を掃除している時に見つけた。

「俺、掃除をしてて……」

「そうだ。やらなくていいっつーのに、勝手な事ばっかしやがって」

言いながら、初代様の手が俺の顎から離れていく。痛みが消え、同時に肩の力が抜ける。

そう、そうだ。俺は初代様に魔王城に連れて来られて、あまりにもやる事がないので魔王城の掃除を始めたのだ。少しでも初代様の役に立てるように、と。

そして、魔王城の奥で、あの水晶を見つけた。

「俺、蔵を掃除してて、あれを見つけました。綺麗だなと思って見てたら……あれ？　見てたら？」

どうなったんだっけ？　と頭を捻《ひね》る。おかしい。どうもその後の記憶がない。

すると、そんな俺の様子を見ていた初代様が、一つ大きな溜息《ためいき》をついた。

「あれはな、前の魔王が人間を惑わせるのに使っていた魔道具だ」

前の魔王。というと、きっと初代様が倒した〝あの〟魔王だろう。そうでなければ、魔王はそれこそ目の前の〝初代様〟という事になる。

ぼんやりと水晶を眺める俺に、初代様は続けた。

「覗《のぞ》き込んだ人間を、今生きている世界線とは別の並行世界へと連れて行く。それは、無数にある世界のうち、最も本人の望みに近い世界線だ」

初代様の説明に「まるでゲームのアイテムみたいだ」と、ゲームのプレイヤーのような事を思ってしまう。そして、改めて思い至る。ここはゲームの世界だった、と。

「その世界線に連れていかれた者は、中で三度、試練を受ける」

「試練？」

「そうだ、その三つの誘惑に打ち勝てば元の世界に戻ってこれる。誘惑に抗《あらが》えず、試練を乗り越える事が出来なかった場合……」

初代様の琥珀色の瞳が、ジッと俺を見つめ続ける。その目に、俺は今更ながらに気付いた。その美しい瞳が、うっすらと充血している事に。

「並行世界に囚《とら》われて、二度と元の世界線には戻ってこれない」

「じゃあ、俺は」

「テメェは、本当に死ぬところだったんだよ。……だから掃除なんかしなくて良いっつったのに。この駄犬が」

言葉は完全に怒りが滲んでいるにもかかわらず、声には一切覇気がない。痩せた顔。充血した瞳。こんなに憔悴《しょうすい》した初代様は、初めて見るかもしれない。

「ごめんなさい」

「戻って、これたから良かったものの……別の世界線まで行かれたら、俺ですら連れ戻しようがない。……もう、二度と勝手な事はするな」

「はい」

それは、「命令」というよりは「懇願」に近かった。

本当に俺はこの人にどれだけ苦労をかければ気が済むのだろう。陰キャのコミュ障は、やる事なす事全部が裏目に出る。ただ、少しだけ気になった。「連れ戻しようがない」と初代様は言ったが、俺は向こうで何度も初代様の声を聞いた。あれは、初代様が何かしてくれたからではないのだろうか。

「初代様が、俺を試練から助けてくれたんじゃないんですか？」

三度の試練。そう、俺は三度、〝彼〟からの誘いを断った。

一度目は、昼食の時。二度目は、放課後。三度目は、夜の公園で。

そのたびに、俺は初代様の声に引っ張られて、その手を振り払う事が出来たのだ。すると、そんな俺の問いに対し、初代様は怪訝そうな顔で此方を見た。

「別の世界線だ。干渉なんか出来るかよ。俺はただ見てる事しか出来なかった」

「え……でも、俺は。初代様に、何度も呼びかけても貰って」

俺が混乱しながら言えば、眉間に皺を寄せていた初代様の表情がフッと緩んだ。

「それは、お前の妄想からくる……幻聴だろ」

「ぁう」

妄想からくる幻聴。

そのあまりにも立つ瀬のない言い方に、顔に熱が集まるのを止められなかった。

「……あれは、幻聴だったんだ」

なんだ、あれは初代様の実際の声ではなく、俺がずっと初代様の事ばかり考えているせいで聞こえてきた……幻だったのか。まったく俺は、どれだけ初代様の事を思っていたのだろう。

「ったく。バカな事しやがって」

「すみませんでした」

「でも、まぁ」

羞恥に顔を俯かせる俺に、それまで力なくベッドの上に投げ出されていた初代様の手が、ゆっくりと動くのが見えた。そして、その手はそのまま俺へと向けられ――。

「俺以外に媚《こ》びなかった事は、褒めてやる」

「っ！」

ソッと俺の頭に乗せられていた。

初代様に褒められた。嬉しい。そうだ、俺はこの手の元に戻ってきたかったんだ。初代様の手の温《ぬく》もりに、夢の中でずっと望んでいた願望をやっと手にした気がした。

そう思ったら、急に視界がぼやけた。

「つぅ、うぅ……つぅ〜〜っ」

「俺に会いたかったか？」

「ずっと、あい、だがったです！」

会いたかった、会いたかった、会いたかった。ずっと初代様に会いたかった。

もう、それだけだった。過去の望みを全て捨てても、俺はこの人に会いたいと願った。俺は頭を撫でてくれる初代様を前にボロボロと涙を流すと、そのまま初代様に抱き付いた。

「さ、さみじ……かったっ。しょだい、さまが……いなくて、ごわがっだぁ」

普段なら、こんな事は絶対にしない。俺が初代様に触っていいのは、「来い」と言って貰えた時だけだ。もしかしたら、鬱陶《うっとう》しいと叱《しか》られるかもしれない。けれど、それでもいいから、俺は、今ここに初代様が居るという事実を体全体で感じたかった。

「そうか」

しかし、初代様は俺の事を叱ったり、無理に体を引きはがしたりはしなかった。気付けば、俺の背中にスルリと初代様の腕が回されていた。そして、少しばかり面白《おもしろ》がるような声が頭の上から降ってきた。

「ったく、変な名前付けやがって。なぁ、ユイ」

「っ！」

初代様の言葉に、俺はハッと顔を上げる。その先には、目を細めて嬉しそうに此方を見下ろす初代様の姿があった。

「なん、で。それを」

結。それは、先程、夢の中で何度も呼ばれ続けていた俺の名前だ。元々、あまり好きじゃなかった名前。でも、どうしてだろう。夢の中で「結」と呼ばれるのは、決して嫌じゃなかった。

「言っただろ。俺は〝見てるだけしか〟出来なかったって」

「っぁ」

「俺は何も干渉は出来なかったが、ずっと見てた。お前が、知らないヤツらから名前で呼ばれるのも。呼ばれて嬉しそうにしてるのも。そして、俺に名前を付けるところも」

初代様は頭を撫でていた手を、そのまま俺の頬へと移動させた。

初代様の手が、物凄く熱く感じる。いや、違う。これは、俺自身が熱を持ってしまっているのだ。

熱い。物凄く、熱い。

「〝イチ〟っつったか。ありゃ、あんまり安直すぎるだろ」

「っあ、あ、えと……あれは。お、俺が勝手に……付けただけで。だから、あの」

夢の世界で、俺が初代勇者に付けた名前を、まさかの初代様自身が口にする事になるなんて。しかし、その不満そうな言葉とは裏腹に、彼の声は、やはりどこか弾んでいた。

「ユイ」

「〜〜〜っ！」

また名前を呼ばれた。元々熱を持っていた顔が、更に熱くなる。名前を呼ばれるのは嫌だった筈なのに、どうしてだろう。初代様に呼ばれると物凄く満たされる。けど、恥ずかしい。そんな俺を、初代様は指先で遊ぶようにスルスルと撫で続ける。

「へぇ。お前もいっちょ前な顔をするじゃねぇか。なぁ、ユイ？」

「っぁう……っはぁ、っはぁ。あの。も、やめ」

「ユイ」

「っひぅ」

完全に面白がっている。初代様は耳元に口を寄せると、何度も何度も「ユイ」と俺の名前を呼んだ。それは、お母さんが呼ぶのとも、ましてや彼が呼ぶのともまた違った感覚を俺に与える。空っぽだった腹の底に、何かが満たされる感覚。

「ユイ、よく帰ってきたな」

「あ、ぁ……」

腹を満たすのは、圧倒的な歓喜だった。

名前を呼ばれると、存在を認められたような気持ちになれる。ここに居て良いんだと、名前を呼ぶ声から感じることができる。

俺は初代様の傍《そば》に居たいと思った。そして、初代様はそれを許してくれる。名前を呼ぶって、凄い。

そう、ストンと腹の中に何かが落ちた時だった。

「イチ」

俺は同じように初代様の耳元で〝その名〟を呼んだ。その瞬間、それまで揶揄《からか》うように俺の背中を撫でていた手がピタリと止まる。

「……お前」

「あ、い……イチ、様？」

さすがに呼び捨ては調子に乗りすぎたかもしれない。元々〝様〟付けで呼んでいたのだ。今回もそうすべきだろう。そう思い、俺の付けた初代勇者の名前を呼んでみる。

初代様には名前が無い。でも、先程俺が感じたような気持ちを、どうにか少しでも良いから感じて欲しくて、名前を呼ぶ。

「イチ様」

「やめろ」

すると、すぐに固い声で止められた。さすがに、俺が急場で付けた名前など、初代様が受け入れてくれる筈もなかったようだ。しかし、俺が「すみません」ととっさに口にしようとした時だ。

「様は、いらない」

その言葉と共に、俺は口を寄せていた彼の耳が微かに色付いていくのに気付いた。背中に回される手に、力が籠る。どうやら、初代様も俺と同じ気持ちになってくれたらしい。そう思うと、俺も更に満たされた。

「イチ」

「おう」

「イチ……会いたかったぁ」

俺は口にするたびに真っ赤に染まっていく初代様の耳に、更に唇を寄せ心からの思いを告げると、そのまま体を柔らかいベッドの上に押し倒されていた。

「俺もだ、ユイ」

◇◆◇

俺の体は、一体どうなってしまったのだろう。

「ユイ、気持ちいいか」

「……っは、い」

名前を呼ばれると、全身が毛羽立つ程気持ちが良い。初代様には何度も抱かれている筈なのに、こんな感覚は初めてだった。

「っはぁ、っぁ……はぁぅ」

フワリと頭に触れる温かい掌に、自然と息が上がる。どうして。ただ、頭を撫でられているだけなのに。

「はっ、顔真っ赤。まだ何もシてねぇのに」

「っぅ……すみ、ま、せん」

「なに謝ってんだよ。なぁ、ユイ？」

「っひ、ん」

揶揄うように耳元で囁《ささや》かれた名前に、俺は思わず腰がヒクつくのを感じた。ヤバイ。名前を呼ばれるたびに、下半身が熱くて仕方がない。

そう、初代様の言う通り、俺はまだ何をされているワケでもないのだ。ベッドの上に押し倒されてはいるが、今はまだ、見つめられながら名前を呼ばれているだけ。俺は恥ずかしさのあまり、とっさに腕で顔を隠した。

「おい、何やってんだよ」

「……み、ないで、ください」

言葉だけ聞くと一見不満そうなのに、初代様の声はそりゃあもう楽しそうだった。その様子に、更に顔に熱が集まる。

「恥ずかしいのか、ユイ」

「っぁ」

「名前、呼ぶたびに真っ赤になって」

「〜〜っも！　やめて、くださ。……ヘンに、なるッ」

「変になれよ、許す」

顔を隠している筈なのに、初代様の声は未だに楽しそうだ。まるで、隠しても無駄だと言われているようで、たまらない。

「ユイ」

「っひぅ」

「あぁ、クソ。可愛いな」

何度も何度も、名前を呼ばれる。そのたびに体中を快楽が走り抜け、頭の中が痺《しび》れて、蕩《とろ》けて、沸騰してしまう。

「もうやめて、ください。むり……です。はずかし」

「顔、隠すな。俺を見ろ」

「でも……っ」

「ユイ？」

まるで子供に言い聞かせるような声色で、名前を呼ばれる。

あぁ、初代様。一緒に旅をしていた時とは、大分《だいぶ》変わってしまった。そう、彼は圧倒的に〝大人〟になってしまっていた。旅をしている時は、俺の方が年上だったのに。

俺が観念してソロソロと腕をどかすと、そこには満足そうな顔で此方を見下ろす初代様の姿があった。俺を見つめる琥珀色の瞳は、どこまでいっても優しい。

「良い子だ」

「っん」

そう言って再び頭を撫でられれば、腹の底から歓喜が湧き上がる。顔が、焼けるように熱い。肌着越しにもかかわらず、互いの熱がしっとりと汗を纏《まと》い、互いの体に吸い付く。

俺は少しも初代様と離れたくなくて、自然とその首に腕を回していた。そして、軽く首を傾《かし》げて初代様の唇に自らの口を寄せる。と、その直前で、俺はハタと我に返った。

「っぁ……」

「どうした、ユイ」

「ごめんなさい。おれ、また勝手な、ことを……」

どうしよう。初代様に名前を呼ばれると、体が勝手に動いてしまう。つい先程「勝手な事はするな」と釘《くぎ》を刺されたばかりなのに。もう、その指示すら飛んでしまいそうだ。

すると、そんな俺に対し初代様は呆れた顔で言った。

「ったく、お前は。時と場合を考えろ。今は何してもいいんだよ」

「そう、なんですか？」

「あぁ、許す。お前は、今どうしたいんだ。ユイ？」

ジッと見つめられた瞬間、頭の中がビリビリと痺れた。あぁ、初代様から「よし」って言って貰えた。うれしい、うれしい、うれしい。

ジンと痺れる腰をしならせ、俺は初代様の首に回した腕にソッと力を込めた。

「んっ……っはぁ、っはぁ。んっ」

そして、近付いてきた初代様の唇に、ちゅっちゅっと何度も触れるだけのキスをする。たまに舌でその唇を舐《な》めたり、唇で唇を食《は》んだり。

「……っはぁ。っふ」

いつも初代様はどうしていただろう。いつも、されるがままだったせいで「好きにして良い」と言われても、よく分からない。でも、なんだか初代様の柔らかい唇を舐めるのは気持ちが良くて止められない。

そうやって、どのくらいペロペロと唇を舐めていただろう。

「っはぁ、おい……そろそろ」

「んぅ？」

初代様から、静止の声がかかる。けれど夢中になりすぎて、初代様が喋っている間も舐めるのを止めなかった。ジッと、初代様を見つめながら舌を伸ばすと、それまでされるがままだった彼が勢いよく俺の口を塞いだ。

「んっ……っふ、っふ、ンっぅ」

ちょうど突き出していた舌が、侵入してきた初代様の舌によって絡め取られる。くちゅくちゅと激しい音を立て、口内を這いまわる舌は、最早どちらがどちらのモノかも分からない。

「っは……んッ、んっふぅっ」

恥ずかしくて目を閉じたい衝動に駆られる。けれど、初代様から「俺を見ろ」と命令されていた事を思い出し、グッと堪えて見つめた。きっと、言いつけを守ったらまた褒めて頭を撫でて貰えるに違いない。

「ッんっぁ……ちゅっ、んっぁ」

「っはぁ……はぁッ。ユイ」

しばらく、互いに見つめ合いながら舌を絡め合わせていると、初代様の唇がソッと離れていった。

俺は「ぃ、やだ」と追いかけ再びキスを強請《ねだ》る。

「……っは。ほんと、犬みてぇ」

「んぅ……ちゅっ、ん、ん」

そんな俺に、初代様は苦笑しながら再びキスをしてくれた。しかも、浮いた頭に片手を回し、撫でてくれるおまけ付きだ。

あぁ、これはヤバイ。嬉しくて、楽しくて、気持ち良くて、初代様が格好良くて。頭がおかしくなりそう。いや、もうなっているのかもしれない。下半身も、ずっと熱くてたまらない。クラクラする。

「きもちぃか？」

「っぅ、っぁ。っひ……――ッきもちぃ、です」

「そうか。なら良かった」

俺の返事に初代様は薄く笑うと、再び耳元で「ユイ」と痺れるような甘さを含んだ声で名前を呼んだ。その、あまりにも愛《いと》おしそうに紡がれる名前に、それまでピリピリと疼《うず》いていた下半身がズクンと激しさを増した。

あ、コレはヤバイ。そう思った時には俺の腰は激しく跳ねていた。

「～～ッっぁ！」

腰が再びベッドに沈み込むと同時に、ジッと此方を見つめていた初代様の目が大きく見開かれる。

直後、ズボンの中にヌルリとした感触が広がった。

「っぁ、あッ……あの、えっと……これは」

「まさか。お前」

「っぁ、あの……ッ、あぅ、あ……ごめ、なさ」

俺はなんて事をしてしまったのだろう。まだ、服も着たままなのに。キスしかしていないのに。ちょっと抱き締められて、頭を撫でて貰っただけなのに。

直接、触れられたワケでもないのに。

「イったのか？」

「〜〜〜っっ！」

初代様からの問いかけに、茹《ゆ》だる顔面が勝手に答えを示してしまう。濡れた下着が肌に張り付き、太腿《ふともも》を濡らす精液が、重力に従い秘孔に向かって流れていく。その一連の感覚が、俺を羞恥心の際へと更に追い詰めた。

あぁ、初代様の言葉を無視するワケにはいかない。俺は肩で息をしながら、小さく「は、ぃ」と頷いた。

「そうか」

恥ずかしさと、みっともなさで視界が歪む。それでも、目は逸らせない。いや、命令だから、ではない。初代様の視線にも、俺は全身で感じてしまっていた。そう、逸らせないのではなく、逸らしたくないのだ。

「なぁ、ユイ」

そこには、先程までの穏やかさを消した、初代様のギラついた目があった。

「お前、俺にナニをして欲しい？」

「っへ？」

初代様が静かに、けれど唸《うな》るような声で尋ねてくる。何をして欲しいか。そんなの、決まってる。出したばかりにもかかわらず、初代様の視線だけで、再び勃《た》ち上がろうとする自身に呆れてしまう。しかし、それ以上に、後ろの穴が狂おしく疼いた。

欲しい。初代様が、欲しい。

「はぁはぁ、はぁっ」

でも、未だに羞恥心が邪魔をして口に出来ない。俺が情けなく眉を寄せて初代様を見上げると、初代様も苦し気な様子で眉間に深い皺を寄せた。

「ユイ。なぁ、これは命令じゃない。言いたくなけりゃ言わなきゃいい。でも何も言わなければ、俺は何もしない」

「……ぁ、ぅ」

俺は、お前が望む事だけをする。そう、初代様も肩で息をしながら目を細める姿が、あまりにも格好良くて、俺ははくはくと息を吐き出す中で、小さく空気を震わせた。

「あ、たまを……なでて、ほしいです」

して欲しい事を言ったら初代様は全部してくれる？　あれも、これも。全部？

「っふ、……そして？」

「き……きすを、して」

「うん、それで？　他にはどうして欲しい？」

「っは。……ほかには」

息が上がる。でも、それは俺だけじゃない。さっきから初代様も、何度も何度も喉を鳴らしている。

いつもなら恥ずかしすぎて目を閉じてしまうところだけど、今日は絶対にそんな事しない。

「ほ、かには……っ」

俺は、瞬《まばた》きも忘れたように、ジッと初代様を見つめる。だって見逃したくない。

ゴクリと、初代様の喉仏が隆起するのも。眉間に皺が寄って、額の汗に前髪が張り付いているのも。

耳たぶが真っ赤なのも。全部、見逃したくない。もったいない。

「っく、はやく……言え。いいのか？　もう、寝るか？」

「いや、いやだ」

初代様の硬くなった下半身が、俺の膝に擦り付けられている。そうだ、俺は初代様に関する事だけは「余計な事」と思われるかもしれないと思いつつ、一歩先の行動を取ってしまう。俺は、初代様にも気持ち良くなって欲しいのだ。

「ユイ？」

「んっ、っふ……イチ」

俺はゆったりとした肌着の下をスルリと足先まで下ろした。緩く勃ち上がりかけた自身がパンツの紐に引っかかる。もどかしい。

「ンッ、……っぁん」

「……」

初代様の強い視線を感じながら、俺は足先まで肌着を下ろし終えると、両膝をゆっくりと曲げた。初代様の前で、俺はなんて格好をしているのだろう。ただ、彼の興奮した熱い視線が下半身に向けられている事に、恥ずかしさより、期待と快楽が勝ってしまう。

ピリと、秘孔が嬉しそうにヒクついた気がした。

「……イチの、ここに、欲しい」

「っ！」

自身の穴を指で開きながら、懸命に「シて欲しい事」を口にする。これが、俺の限界だ。初代様は喜んでくれるだろうか。そう、俺が伏せていた目をチラリと向けた時だ。気付けば、目の前から初代様の姿が消えていた。あれ、と思った次の瞬間、指で広げていた穴にスルリと生温かいモノが挿入されていた。

「っひっぁ！　っぁ、っひ！」

これは、何？

とっさに強い快感を示す先に手をやると、そこにはサラサラとした美しい金色の髪の毛があった。あ、コレは。まさか。

「イっ、しょら、いさま……それっ、きたないっ、のでっ！」

気付けば、俺は後ろの穴を舐められていた。ジュルジュルと柔らかく湿った舌が、穴の両壁を押しのけるように侵入してくる。抵抗しようと体をバタつかせるが、片手で足首を掴まれ、もう片方の手で太腿を内側から無理やり開かれているせいで、逆に初代様の舌を更に奥へと誘い込んでしまう。この俺が、力で初代様に敵《かな》う筈がなかった。ビリビリと痺れるような感覚に、とっさに足の指にキュッと力を込めた。

「っや、っぁ、あぁぁ――っ」

先程イったばかりだというのに、初代様から与えられる初めての強い快楽に、俺はあっという間に熱を弾けさせた。

「っひ……ひぅっ……っぅ」

激しく散った精液が、初代様の綺麗な髪を汚す。こんなのはダメだ。俺は一体、彼に何をさせてしまっているのだろう。

「もっ、やめ……やめて、くださっ！　しょ、初代様っ！」

さすがの俺も我慢できずに初代様に向かって声を上げる。しかし、そんな俺に彼は少しばかり不機嫌そうな声で言う。

「あ？　初代様、誰だ。それは」

「っ、ぁっひ！　そこでっ、喋らないっ、でぇっ！」

「おい、俺はなんだ？　ユイ、お前が名付けたんだろうが」

「んっ……っひぅっ！」

秘孔に這わされていた舌が離れ、片側の足首を摑み上げられたままズイと目の前まで顔を寄せて尋ねられる。同時に、太腿に添えられていた初代様のもう片方の指が、俺の中に容赦なく捻《ね》じ込まれた。

「っぁぅ」

ぐちゅぐちゅと、いやらしい音と共に指の抜き差しが開始される。先程まで初代様の舌によって押し拡《ひろ》げられていたソコは、まるで嬉しがるようにキュンとその指を締め付ける。

「言え。俺は……なんだ？」

「っぁ」

耳元で語りかけられるその問いは、命令とは程遠い甘さを含んでいた。俺はビリビリと体中に駆け巡る快楽を享受しながら、吐き出すようにその名を口にした。

「イ、チ……っ」

「……あぁ、そうだ。ユイ、コレはお前が付けた俺の名前だ。お前だけにしか、呼ばせない」

「……おれ、だけ」

「そうだ。お前だけだ」

ジッと目を見つめながらそんな事を言われたら、もう、ダメだ。

「イチ、いち……も、挿《い》れて」

俺は腹の上で、服の上からでも分かる程熱く隆起したイチのペニスを感じながら、その唇にソッと吸い付いた。すると、それまで後ろの穴に挿入されていた指がヌルリと抜かれ、纏っていた布を剝ぐ。目の前に現れる鍛え抜かれた胸筋は、彫刻のように精緻《せいち》で力強く無骨ながらも美しい芸術作品のようだった。初代様は、どこもかしこも格好良い。期待に、自然と腰が揺れるのを止められない。

「はぁ……ぅ、キスしたい」

「っは、良い子だ」

「んっ、つぅ……っぁ、たまも、なでて」

「っは、好きだな。お前も」

後ろの穴にピタリと添えられるイチのペニスと、後頭部に回される大きな手。ちゅっ、ちゅっと啄《ついば》むようなキスを繰り返しながら、徐々に挿入が開始される。

「っは……っぁん」

ゆっくりと俺の中が凄《すさ》まじい質量で埋め尽くされていく。こんなにゆったりとした挿入は、初めてかもしれない。強烈な快楽の波とは違う、穏やかな満足感が、体を満たす。

「っはぁっ……イイ。スゲェ、気持ちい」

感じ入るように漏れた声に、心が跳ねた。

「ほ、んとに？」

「あぁ、すげぇ……良いよ。お前のナカ」

初代様に褒められた。そして、スルスルと頭を撫でられる。

「っは、っは……んぅッ」

「っく、締め付けが、スゲェ……いいっ」

ナカが良いと言われれば、もっと内壁をヒクつかせたくなってしまう。だって、初代様にはもっと気持ちよくなって欲しいから。そんな俺の気持ちは、もちろん初代様にはバレバレのようで、琥珀色の瞳が愉快そうに俺を映した。

「可愛いヤツ」

「……っぁ」

いつの間にか、初代様の両手が俺の腰へと添えられていた。同時に、その親指が、グッと俺の下腹部に食い込む。

「も、俺も……きちぃから。動くぞ」

「っはい」

欲情に塗《まみ》れた琥珀色の瞳が、俺にだけ降り注がれている。あぁ、やっぱり初代様は格好良い。好き、好き、好き。大好きだ。

初代様への気持ちが最高潮に上り詰めた瞬間、一気に奥を貫かれた。穏やかだった挿入に反して、奥を穿《うが》たれるその動きには一切容赦がなかった。

「～～っひ！　あっぁん……っひぃ、ふぁっ！」

「やべぇっ……っはぁ、っは。クソ、きもちぃっ」

一瞬も止まる事なく、繰り返される激しい律動にベッドがギシギシとなる。初代様の硬く張ったエラがゴリゴリとナカの前立腺に擦《こす》り付けられ、そのたびに、目の前が激しく爆《は》ぜた。

止められない嬌声《きょうせい》の合間に、「きもちぃっ、やべぇっ」と初代様の欲を孕んだ唸り声が聞こえてきて、フルリと腰が甘く痙攣《けいれん》した。

「ユイっ、ユイっ……、きもちいーか？」

「んっ、っひ、イチっ、イチっ……っひもちぃっ！　っん、っぁ、あっぁん！」

「っはは。かわいい」

すると、それまで腰を掴んでゴリゴリと腰を側壁に擦り付けていた初代様が、俺の上にのしかかってきた。そのまま、ちゅっ、ちゅっと顔中にキスが落とされる。しかも、キスの合間に「ユイ、ユイ」と名前まで呼ばれてしまうものだから、俺は自然と締め付けるのを止められない。

「っはぁっ！　ユイっ……いいっ、もっ……クソっ、マジで！　も、イくっ」

「っぁう！　イチ……イチっ！　きてっ……んぁぁぁっ！」

それまでの前立腺を狙うような腰の動きから、快楽を追う為の動きに切り変わる。質量の増したペニスが内壁を抉《えぐ》り、パンパンと激しく叩きつけられる下半身に、何度も腰が浮き上がった。汗と体液を纏う互いの体は、触れ合うたびにヒタとくっつき離れ難すら感じる。気付けば、俺は初代様の腰に足を巻きつけていた。

「イチっ……っはぁん！　もっ、と……くっつい、てぇっ！」

何をしてもいいって言われた。だったら、したいようにする。言いたい事を言う。すると、同時に初代様の腕が激しく俺の背中に回されていた。

「っは、マジで。可愛すぎだろっ！　ユイっ……イくっ！」

「つぁ、あっ……ッァアァん！」

ピタリと体が触れ合い、どちゅどちゅと最奥を穿たれる。次の瞬間、ナカを容赦なく抉っていた初代様のペニスから、熱い波が押し寄せた。

「〜〜〜っぁ！」

体の奥の奥にまで注がれるその熱に、俺はキュウッと肉壁をうねらせ、全てを搾《しぼ》り取ろうとする。

「っはぁ、っはぁ……んっ」

「っく、っはぁ……はぁぁっ」

頭がぼんやりとする中、初代様の唇がソッと俺のものに触れ、すぐに離れて行く。

その、あまりの気持ち良さに、初代様の背中に回していた手から力が抜け、俺はベッドの上にくたりと倒れ込んだ。あまりの快楽の波に、視界が霞《かす》む。そんな俺を、体を起こし髪をかきあげる初代様が口元に笑みを浮かべながら眺めていた。

「はぁぁっ。すげぇ、よかった……」

あぁ、この人。なんでこんなに格好良いんだろう。

感じ入るように、深く放たれる言葉に俺はぼんやりと初代様を見上げてた。あぁ、俺。この人の事が好きだ。本当に好き。すき、すき……すきだ。

「……イチ」

「ん？」

ハッキリとしない頭で、感情のまま名前を呼んだ。そんな俺に、初代様は優し気な視線を向けてくる。その顔に、なんだか改めて思ってしまう。

この人は、俺と一緒に旅をしていた〝初代様〟とは違うのだ、と。ずっと、長い時間を一人で、俺に会う為だけに〝魔王〟にまでなった人だ。

「イチ」

「どうした、ユイ。どこか苦しいのか」

初代様には仲間が居ない。初代様には名前も無い。でも、俺が居れば……そうじゃなくなる。

【ゲームを　はじめ　ますか？】

あぁ、そうだ。目の前のこの人は、あの時テレビ画面の向こうでジッと俺に名付けを求めてきた、可愛らしいドット絵の彼と同じだ。この人の仲間になるのも、名前を決められるのも、プレイヤー《俺》しか居ない。

俺しか居ないから、もう絶対に離れない。

「イチ……イチ」

「……ユイ？」

名前を呼ぶたびに、愛おしさが溢《あふ》れ出す。

「……イチ。ひとりで、さみしかったね。がんばったね」

「お、おい……」

「えらいよ、イチ。かっこいい」

「やめろ……。ユイ、それ以上言うな」

俺を見下ろす初代様が、先程までの余裕そうな表情から一転して、その肌を薄く色付けていく。しかし、どんなに初代様から「言うな」と言われても止められない。だって、溢れ出てくるのだから仕方がない。この気持ちを腹に留める事は、もう無理だ。

「これまで、ずっと……一人ぼっちの俺と一緒に居てくれて……ありがとうございます。初代様」

初代様の目が大きく見開かれた。琥珀色の瞳が、ユラリと揺れる。

この言葉は、これまでずっと一緒に旅をしてくれた「初代様」に捧げる。そして、もう一つ。

「あいしてるよ、イチ」

「っ！」

この言葉は、人生でただ一人「イチ」に捧げる。世界の為に、名前すら与えられてこなかった彼に、今度こそ彼だけの為に与えたい。

「イチ……大好き」

「……っは」

だって、この名前は俺が彼に付けた名前だ。この世で一番、彼の事を想《おも》う俺が、とびきりの〝愛〟を込めて付けた。俺だけが知っている、彼だけの名前。

「イチ、泣かないで」

「泣いて、ねぇよ」

頭上からポタリポタリと降り注ぐ涙が、俺の頬を濡らす。だから、泣くならもっと俺の傍で泣いて欲しい。

「イチ、こっちに来て」

俺が静かに声をかけると、彼はそのまま俺の体に顔を押し付けてきた。同時に、俺の背中に腕が回される。

「イチ……」

「……」

泣き声を上げる事も、肩を震わせる事もしない。ただ、彼は静かに俺の体に寄りかかるだけだ。しかし、そんな彼の姿に、俺はやっとホッとする事が出来た。俺は、本当の意味で彼の仲間に、家族に、恋人に——〝全て〟になれたのだ、と。

「イチ、これからもずっと一緒に居ようね」

「……ああ」

俺の口にした、まるでプロポーズのような言葉に、腕の中の大きな彼は……小さく、でもハッキリと頷いたのだった。

初代様には、これからも俺が居る。

初代様の分かりやすいプロポーズ

「初代様、おはようございます」

「……おう」

犬は基本的に俺より先に起きる。

それが、どんなに激しく抱き潰してやった次の日だったとしても、朝になれば、犬はケロッとした顔で出発の準備を始めている。川で水を汲《く》み、焚火《たきび》を起こし、食事の準備をする。

そして、俺が目覚めたと分かったら、すぐに俺の元へと駆け寄ってきて「おはようございます」と声をかけるのだ。


いつの頃からだったか。あれは確か、あのお節介姫を、やっとの事で城へと送り届けた後くらいからだろう。俺に、一つの習慣が出来た。

「……っ」

俺が目覚めた時、既に犬は朝食の準備を始めていた。パチパチと焚火の爆《は》ぜる音を遠く聞きながら、心地良いまどろみに身を委ねる。本来なら、すぐに体を起こすべきなのだろうが、体が言う事をきかない。一人で旅をしていた頃からは考えられないような、酷《ひど》く安穏とした目覚めの瞬間。

タルんでしまっている自覚はあった。しかし、一度体験してしまってからは、これを手放す事が出来ずにいた。

この時間は俺にとって、なかなか心地良いモノだった。無理もない。勇者として育て始められた頃から、俺にこんな穏やかな朝は一度たりとも訪れた事はなかったのだから。

「……ふぅ」

明け方のひんやりした空気を感じながら、俺は犬が料理をする音に耳を傾けた。トントントンと食材を切る音が俺の耳にスルリと入り込んでくる。犬の包丁さばきは一定の速度で淀《よど》みがない。故に聞いていて心地良さすら感じてしまっていた。

すると、そのうち犬の〝いつもの〟が始まった。

「これはこのくらい刻めば大丈夫かな。っあ、鍋は？　……あぁ、良かった。まだ大丈夫そうだ。あんまり煮込みすぎると味が落ちちゃうからなぁ。……よしよし、もう少し火にかけていても良さそうだ」

すこぶる機嫌の良い犬の声が、焚火の爆ぜる音の合間に聞こえてくる。あぁ、犬のご機嫌な独り言の始まりだ。

「そうだ。昨日、村で貰《もら》ったバターを少しスープに足してみよう。初代様は牛乳が飲めないから、少しでも乳製品を取ってもらわないと」

普段の犬は、あまり自分から口を開いたりしない。どちらかと言えば、口数は少ない方だ。犬曰《いわ》く「インキャ」で「コミュショウ」なせいで、話すのが得意ではないのだそうだ。

「だって、まだ初代様は十八歳だし。このままだと、成長期なのに大きくなれないかも……ん？」

まぁ、犬が口下手な事は俺も否定しない。しかし、この朝の時間ばかりは、いつもと違う。朝の犬は、ともかく饒舌《じょうぜつ》だった。

「ふふっ」

すると、独り言の中で首を傾《かし》げていた犬が、そのうちクスクスと笑い始めた。何がそんなに面白いのか、犬の微《かす》かな笑い声に俺はぼんやりと耳を澄《す》ました。

「もう初代様は十分大きかった」

そうだな。俺はテメェなんかより随分《ずいぶん》デケェよ。と、心の中で返事をする。

独り言を言う時の犬は、ともかく笑い上戸《じょうご》だ。聞いている分には、一体何がそんなにおかしいのかちっとも分からない。しかし、未だに空気を揺らして笑い声をあげる犬の声に、俺は気分が良くなるのを感じた。

「でも、初代様はなんで好き嫌いが多いのに、あんなに大きくなれたんだろう。勇者の血のせいなのかな？　だとしたら、俺はどうしてあんまり大きくなれなかったのか……」

今度は真剣に悩み始めた。しかも、一体どういう思考回路なのか。まるで犬自身にも勇者の血が流れているかのような口ぶりだ。

コイツ、実はまだ寝ぼけてんじゃねぇだろうな。そう思った直後、犬はケロリとした口調で全ての自問に答えた。

「まぁ、初代様は全部特別だからな。だからきっと大きいんだ」

全然答えになってねぇじゃねぇか。それにしても、さっきから犬は俺の事しか喋《しゃべ》っていない。まぁ、これもいつもの事だが。

すると、今度は鼻歌を歌い始めた。今日は相当機嫌が良いらしい。妙なメロディと共に、犬の歌声が軽やかに空中に舞う。

「初代様が一番強い、初代様が一番格好良い、初代様が全部一番。だって、初代様だから」

一体どんな歌だ。

お世辞にも上手いとはいえない鼻歌と共に、周囲にほんのり幸福感を漂《ただよ》わせている。まぁ、犬の鼻歌にいちいち突っ込んでやる必要もない。体が固まってきた。まだまだ犬のクソみたいな歌を聞いてやってもいいが、そろそろ起きるべきだろう。

そう思い、俺が体を起こそうとした時だ。突然、犬の鼻歌がピタリと止まった。

「……あーぁ。初代様とずっと旅がしたいなぁ」

鍋をかき混ぜる音と、犬のぼんやりとした声が俺の鼓膜《こまく》を揺らす。それは、それまでに聞こえていたご機嫌な謎の鼻歌なんかではない。ボソリとした、どこか切ない声だった。

「でも、魔王を倒しちゃったら、旅は終わるだろうし。そしたら、俺も……」

そこからは、カラカラと鍋が鳴らす音だけが聞こえるだけだった。「そしたら、俺も」――何だと言うのだろう。

俺は以前、コイツに言った。「俺が王様になったら、犬として引き続き飼ってやる」と。今もその気持ちは変わっていない。コイツは、俺が城に入っても傍に置くつもりだ。

なにせ、犬は俺の〝ツレ〟なのだから。

「……いつ、魔王城を目指すのかな。他に行ってない所とかないかな。サブクエストとか、いっぱいあればいいけど」

それなのに、どうして今更そんな事を言うのだろうか。犬は、一体何をそんなに恐れているというのだろう。もしかして、俺の気が変わって捨てられる心配でもしているのだろうか。

「……はぁ」

犬の深い溜息《ためいき》。その呼吸音に、先ほどまで周囲を満たしていた多幸感が一気に霧散した気がした。

最初は俺も、この犬の事を魔王討伐の報酬を、横から掠《かす》め取ろうとする有象無象の一人だと思っていた。しかし、旅を続けていくうちに、どうやらそうではない事に気付いた。

——俺にとっては初代様が最も大切なので。

犬はことある事に、俺にそう言うようになった。出会ったばかりの頃ならば、口先だけの媚《こ》びを売るための言葉だと一蹴《いっしゅう》しただろう。

ただ、その言葉に嘘や偽りがない事は、今の俺ならばハッキリと分かる。

当たり前のように毎日俺好みの食事を用意し、無理難題にも応え、俺を殺そうとするヤツならば、人間でもアッサリと殺す。

——王様、バカかよ。

相手が一国の王だとか、権力者だとかは、一切関係ない。コイツは本気で俺の事しか考えていないのだ。

しかも、それだけじゃない。犬は、俺に体まで許す。今や、俺が犬を抱かない日はない。俺は昨日の夜を思い出し、体が熱を持つのを感じた。

「初代様は、まだ起きないのかな」

鍋をかき混ぜる音が止まった。犬の立ち上がる音が聞こえる。

その声は、やはりどこか沈んでいる。どうやら、旅を終えた後もお前を飼ってやる、という言葉は、愚図な犬にはイマイチ伝わっていなかったらしい。ったく、これだから「インキャ」で「コミュショウ」はいけない。犬には、俺しか、まともに付き合えるヤツは居ないのだ。

「……あー、もう朝か」

俺は犬が此方《こちら》に視線を向けるタイミングで、わざとらしく身を捩《よじ》った。あたかも今起きました、と言わんばかりのセリフ付きで。

「っ！　初代様」

すると、体を起こす俺に、犬は疑いもせずパタパタと俺の元まで駆け寄ってきた。そして、いつものように朝の挨拶を口にする。

「初代様。おはようございます」

「……おう」

先ほどまで軽く目を閉じていたせいで、視界が未だにぼやける。俺は目を擦《こす》りながら犬に返事をすると、演技ではない欠伸《あくび》が自然と漏れた。

「初代様。食事の準備が出来ています」

「おう、顔洗ってくる」

「はい。あの、タオルです」

「おう」

俺はいつものように短く返事をすると、近くの川まで顔を洗いに行った。手で川の水をすくい、顔へとかける。ヒヤリとした水が寝起きの鈍っていた感覚を研ぎ澄ます。

「……っふぅ」

さて、どうやって犬に「永遠に俺の傍に居ていい」と伝えてやるべきか。そのまま伝えてもいいが、そうするとだいぶ犬を甘やかしてしまう事になる。

「飴《あめ》ばっかやりすぎると調子に乗るかもしれねぇからな」

バシャバシャと顔に水をかけながら考える。

そうだ。きちんと上下関係を示しつつ伝えてやらなければ。いつ犬が調子に乗るか分からない。アイツは駄犬なんだから、手綱《たづな》の握り方は重要だ。

「一生、俺に付いて来い。いや、待て。コレだと俺が犬に付いて来て欲しいみてぇだし。うん、ダメだ。他には……」

しかし、上下関係を示しつつ、理解の悪い犬に「一生俺の傍に置いてやる」という事を伝えるためにはどうすればいいだろうか。俺はいつも以上にしっかりと顔を洗いながら、キンとする頭で思考を巡らせた。

ただ、どうしても良い案が浮かばない。

「どうすっかな」

上手い考えが浮かばないまま、俺は濡れた顔をタオルで拭《ぬぐ》った。別に急いで伝える必要はどこにもない。なにせ、まだ旅は続くのだ。伝えるのは、今日でなくても構わないだろう。そう思うが「そしたら、俺も……」というあの寂しさを帯びた犬の声が、妙に俺の心に残って仕方がない。

「あぁっ、畜生っ！」

俺は無駄に洗いすぎて激しく濡れた前髪を手でかきあげると、川べりから勢いよく立ち上がった。

「クソッ、だいたいなんで俺が犬の為に悩まなきゃなんねーんだよ」

俺はボソリと呟きながら、美味そうな食事の匂いに誘われるように動き出した。ともかく、俺は腹が減って仕方がなかった。

◇◆◇

「あ、初代様。どうぞ」

「おう」

犬の元へ戻ると、そこには既に朝食が準備されていた。野営時の食事とは思えない、出来立てで豪華な食事だ。

温かいスープに、焼き立てのパン。干し肉のソテーに、黄身だけのスクランブルエッグ。そして最後には、フルーツと蜜《みつ》を和えたデザートまで付いている。

「……っふぅ」

ヤバイ、最高に美味そうだ。俺の食えないモノを取り除きつつ、完璧に栄養の考えられた食事が、目の前に並べられている。先ほどまで、長いこと寝たふりをしていたせいで、空腹が極限まで迫っていた。

「食うぞ」

「はい、いただきます」

「おう」

俺は、空腹に背中を押されるように、黙々と食事を口に運んだ。

やはり、いつ食べても犬の作るメシは美味い。ここまで完璧に俺の好み通りの食事を作れる人間は、犬以外には居ないだろう。

よし、久々に褒めてやろうじゃねぇか。そう、俺が犬の作った細かく刻まれた野菜の入った、赤いスープをかきこみながら思った時だ。

「……そうか、コレでいいじゃねぇか」

俺はスープを一気に飲み干し、ボソリ呟いた。良い案が浮かんだ。犬を甘やかす事なく、しかし同時に「一生俺の傍に置いてやる」という旨の内容を伝える言葉。さすが俺だ。他のヤツなら、どう転んでも思いつかないだろう。

俺は空になったスープ皿から顔を上げると、向かいに座る犬に声をかけた。

「おい、犬」

「はいっ、どうしましたか？　初代様」

よく躾《しつ》けられた返事をする犬に、俺は出来るだけ毅然《きぜん》とした態度を貫きながら言ってやった。

「俺の為に毎朝スープを作れ」

「え？」

「聞こえなかったか。俺の為に、これからも毎朝スープを作り続けろっつったんだよ」

よし、これなら完璧だろ。

「スープ作り」という、明確な役割を与えているお陰で、犬を甘やかしている事にはならない。加えて、俺の食事作りともなれば、犬以外に〝替え〟が利かない事は、コイツ自身も明確に理解しているはずだ。そこに「これからも毎朝」という言葉を付ける事で、今後一生俺の傍に居ろ、という事は伝わる。なにせ、人間はメシを食わなければ生きていけないのだから。

さぁ、どうだ。

俺は思いついた絶妙なセリフのニュアンスに浸りながら、空になったスープ皿を掴《つか》む手に力を込めた。もちろん、犬からは、いつものように「はい！」と、小気味良い返事が返ってくるモノとばかり思っていたのだが……。

「あ、ぅ」

何故《なぜ》だか、犬は慌てた表情を浮かべつつ、その顔を真《ま》っ赤《か》に染め上げていた。

「は？」

なんだ、なんで犬はここで照れているんだ。俺は別に照れるような事は言っていないはずだ。

「……えっと、その」

ただ、犬があまりにも恥ずかしそうに目を伏《ふ》せ、俯《うつむ》きながら視線を逸らすモノだから、なんだか俺まで体が熱くなってきた気がした。胸の内で激しく鼓動が鳴り響き、息が詰まる。先ほどまでキンと冷える川の水で顔を洗っていたにもかかわらず、その冷たさは、既に俺の中には欠片も残っていない。

いや、俺は別になにも恥ずかしい事なんて言ってねぇだろ!?

「お、おい、犬！　返事は!?」

「あっ、えっと！」

「俺の為に、これからも毎朝スープを作り続けろっつっただろうがっ!?　おい、返事は何て教えたっ!?」

苦し紛れの中、せっつくように犬に声をかけると、その瞬間犬は真っ赤な顔を此方に向け、そのまま勢いよく頷《うなず》いた。

「っは、はい！」

俺は誤魔化すように空《から》のスープ皿を犬の方へと押し付けた。

「おい、お代わり！」

「あ、はい！」

犬が真っ赤な顔で俺からスープ皿を受け取る。微かに触れた犬の手に、更に体が熱くなる。その事実が堪《たま》らなく納得いかず、俺はそのまま掌《てのひら》に顎をのせ、犬から顔を逸《そ》らした。

なんなんだ、コイツ。急に照れやがって。一体なんだって言うんだ。そう、俺が視線だけチラリと犬へ向けた時だ。

「……っ」

そこには、顔を真っ赤にしながらも嬉《うれ》しそうにスープを皿へとよそう犬の姿があった。浮かべる表情を音にするなら「にへら」と言ったところだろうか。全く締まりのねぇその顔は、妙に幸せそう。

俺は別に「毎朝スープを作れ」と言っただけだ。それなのに、どうして犬はこんなに照れて嬉しそうな顔をするのだろう。

全く分からない。しかし――。

「初代様、あの。どうぞ」

「……おう」

皿いっぱいによそわれた具沢山のスープを差し出す犬に、俺はただ黙ってその皿を受け取った。どう考えても、俺は犬にいつも通り「命令」を下しただけだ。でも、何故だかいつも以上に犬が嬉しそうな表情を浮かべるモンだから、ひとまず俺の言いたい事は伝わったのだと理解した。

しかし、犬が、俺の言葉を一体「どう」受け取ったのかは分からない。

「あの、初代様……今日の、スープは……お、美味《おい》しいでしょうか」

「……おう」

ただ、ともかく先ほどまでの犬の妙に寂しげな様子が、今は一切なくなったので、まぁ、それで良しとする。

あとがき

皆さま、はじめまして。こんにちは。はいじと申します。

【初代様には仲間が居ない！】読了いただきありがとうございます。

犬と初代様の長いようで短い旅路は、いかがだったでしょうか。出来れば、読んでくださった皆様にも、この二人と一緒に旅をしていたような、ちょっとワクワクした気持ちを感じていただけていたらいいなぁと心から思います。


さて、この作品は、一人が大好きな「犬」と「初代様」という、二人の男の子のお話です。

しかも、二人して性格的になかなか尖った部分を持っています。そんな二人ですので、最初はとことん上手くいきません。けれど、少しずつ時間をかけて、それぞれ尖りに尖っていた部分が、相手にピタッとハマり、最終的にお互いになくてはならない存在になりました。

「ボーイズラブ」というより「ボーイズ【貴方しか居ない】」みたいな。替えの利かない関係性になっていくまでの変遷を、粛々と書く事が、私はなによりも大好きです。なので、その極地ともいえるような二人の物語を、こうして皆さまに本としてお届け出来た事は、この上なく嬉しい事でした。

こうして、一冊の本になって皆さまのお手元にお届けするまで、私も長い旅をしてきたような気持ちでした。ただ、それは作品の二人とは違い、多くの方に助けていただく事で実現する事が出来た結果です。

何も分からない私に、一から十まで様々な事を教えてくださった担当さん。キャラクター達に最高のビジュアルを与えてくださった高山《たかやま》しのぶ先生。その他、本が出来上がるまでに携わってくださった関係者の皆さん。

そして、忘れてはいけない！　この本を手に取り、このあとがきまで読んでくださっている皆さま。本当にありがとうございました。おかげで、楽しい旅となりました。

また、いつかどこかでお会い出来たら幸いです。

【初出】

初代様には仲間が居ない！
（小説投稿サイト「ムーンライトノベルズ」にて発表の作品に加筆、修正を加えたものです。）

初代様の長い長い旅路
（小説投稿サイト「ムーンライトノベルズ」にて発表の作品に加筆、修正を加えたものです。）

初代様には名前が無い！
（書き下ろし）

初代様の分かりやすいプロポーズ
（書き下ろし）

初代様には仲間が居ない!

2023年11月30日 第1刷発行

著者 はいじ
イラスト 高山《たかやま》しのぶ

発行人 石原正康
発行元 株式会社 幻冬舎コミックス
〒151-0051 東京都渋谷区千駄ヶ谷4-9-7
電話03(5411)6431(編集)
発売元 株式会社 幻冬舎
〒151-0051 東京都渋谷区千駄ヶ谷4-9-7
電話03(5411)6222(営業)
振替 00120-8-767643
デザイン ウチカワデザイン
印刷・製本所 株式会社光邦

検印廃止